Eugene O'N
歐尼爾/原著 陳玉

Long Day's Journey into Night

長夜漫漫 路迢迢

愛恨交織，霧漸濃、情漸深。

我們彼此相愛且相恨，我們相互了解又是如此陌生。

這是諾貝爾文學獎得主歐尼爾的自傳劇，家家有本難念經，
他將自身的故事搬上舞台，使「家」完整呈現。

作者簡介

尤金．歐尼爾（*Eugene O'Neill*，1888—1953）劇作家，美國現代戲劇先驅，引進希臘戲劇元素，提升美國現代戲劇在世界的地位。他四度獲得普立茲戲劇獎，一九三六年以《天邊外》（*Beyond the Horizon*）獲得諾貝爾文學獎。一九四一年完成自傳性的《日暮途遠》（*Long Day's Journey into Night*）。一九五六年此劇在瑞典首都斯德哥爾摩皇家劇院首演，萬方矚目，佳評如潮。之後數十年各劇團不斷上演，更數度被改編成電影。

譯者簡介

陳玉秀，淡江大學外語學院英文系副教授

目次

總序

吳鍇德

早年（一九六九年），顏元叔教授擔任西洋文學研究所所長時，召集西研所師生組成翻譯團隊，譯介二十世紀西方最具代表性的劇作家的作品，出版了近四十本「西洋現代戲劇譯叢」，由驚聲文物發行，爲彼時出版界及西洋文學界的盛事。這套譯作涵蓋面既廣且深，是對當代西洋戲劇的全面接納與理解。它影響深遠，黃綠相間的口袋型袖珍譯本，不僅做爲彼時時尚的教材，也是熱愛西洋戲劇的知識青年人手一冊的暢銷書，更是各級學校戲劇社公演的現成劇本。它可說是帶動台灣劇團活動的最大推手。惜因驚聲文物中途歇業，而告售罄。目前只有部份圖書館收錄殘本若干。

一年前，在幾位外語學院老師的建議下，我們決定讓這套書再現風華，在學校的支持下，透過本校出版中心出版。我們重新選譯或重譯了這套書的代表作品，推出新版的「西洋現代戲劇名著譯叢」，希望逐一更新版本，嘉惠向隅的年輕學子。我們也同樣蕭規曹隨，依著前輩的規畫，在審稿的過程中力求忠實於原文，譯文須流暢可讀，並邀請譯者提供導讀一篇，使更能貼近當代讀者的需求。

戲劇原本是結合語言張力與劇場空間的一種表演藝術。它在二十世紀主導並促進西方文學的發展，時至二十一世紀，挾其視覺聲光效果，以及多元多貌的藝術形式，依舊是人類藝術生活，乃至日常生活不可或缺的精神食糧。這套二十世紀西洋戲劇名著應能提供及啓發我們更多的靈感與發想，爲我們繽紛多彩的後現代社會提供更多元多采的饗宴。

在此感謝參與規劃的蔡振興、黃仕宜、陳吉斯老師，尤其感謝張家宜校長、虞國興學術副校長的支持，以及出版中心邱炯友主任、吳秋霞經理的襄助。特別要感謝熱心參與譯作的每一位老師，相信當他（她）們看到自己嘔心瀝血的譯作轉換成精粹雋永的劇本對話，被年輕的讀者捧讀，被搬上舞台表演，被全神貫注的演員高聲朗讀，激起一波又一波的喜怒哀樂，內心一定會感到無比欣慰。

謹序之。

（二〇一四 夏）

愛是了解、寬恕和憐憫

陳玉秀

《日暮途遠》是一部家庭悲劇，是劇作家尤金．歐尼爾塵封了三十多年的一段傷心往事。劇中角色的原型是他父母、哥哥和自己；最後藉由寫作的過程，他才得以寬恕自己和家人。歐尼爾花了兩年的時間，埋首案頭。據他的妻子描述，他有時淚流滿面，有時終日無言，有時情緒翻騰、悲傷難抑；有時在書房伏案一日，彷彿蒼老了十年。在此書的首頁，歐尼爾把這個劇本獻給妻子卡羅塔，作為結婚十二周年的獻禮。他坦承這是他的血淚之作；對於家人，他懷抱著「深深的了解、寬恕和憐憫」。歐尼爾毫不隱瞞地揭露家人之間糾纏不清的愛恨和恩怨，他更進一步探討造成家人思想及心理隔閡的因素。這些因素源自個人成長背景的差異，終於使得這個家分崩離析，一家人身不由己走入悲慘的漫漫長夜。

因爲這個劇本毫不隱諱地描述他的家庭和家人，所以在一九四一年此書完成後，歐尼爾要求出版社，必須等到他死後二十五年才能出版。一九五三年歐尼爾因病過世。三年後，耶魯大學出版社獲得歐尼爾遺孀同意，予以出版。不久，《紐約時報》指耶魯大學此舉違法，因爲歐尼爾的二十五年限期未滿。耶魯給《時報》的答覆是：「既然歐尼爾把版權遺贈給他的遺孀，她當然有權決定何時何地出版或上演。」

在耶魯大學出版前十天，《日暮途遠》在瑞典首都斯德哥爾摩首演，萬方矚目，佳評如潮。劇評家認爲歐尼爾的成就已經超越易卜生，甚至直追莎士比亞。一位瑞典劇評家認爲本劇是「二十世紀最偉大的寫實劇」。數十年來，世界各地不斷有劇團演出這齣經典作品，更多次改編成電影。一九五七年歐尼爾因爲本劇再次榮獲普立茲劇本獎。歐尼爾一生除了四度獲得普立茲劇本獎，更於一九三六年榮獲諾貝爾文學獎，成就深受肯定。

劇情及人物關係

詹姆斯．泰隆是歐尼爾的父親詹姆斯．歐尼爾；他是糾纏歐尼爾記憶烙印最深的人物。劇中的詹姆斯有一個不堪的童年。十歲那一年，父親離家出走，棄他們母子於不顧，他只得輟學，和母親帶著未成年的姊妹，過著流離失所、三餐不繼的生活。貧困的童年驅使他勤奮工作，力爭上游。後來他成了百老匯舞台劇的票房明星，經過多年努力，賺了不少錢。之後，他開始買賣土地，累積了可觀的財富，可是他卻不肯花錢打點一個像樣的家，不肯花錢照顧妻小；妻小指責他只愛錢，從來不顧家人死活。他貪得無厭地追求名利，卻戴著光鮮亮麗的假面具示人，最後連自己都分不清何者是眞，何者是假。他是歐尼爾許多劇本中父親的原型。

全劇的中心人物是母親瑪麗。她原本是養尊處優的富家千金，爲了愛情下嫁一個沒有社會地位的戲子。婚後她跟隨丈夫四處表演，節儉的丈夫帶她搭乘平價的火車，住三流的小旅館。丈夫下了戲就和朋友到酒館喝酒，她夜夜孤單地等待酒醉的丈夫歸來。才新婚不久，丈夫就喝得爛醉，被酒館的酒友抬回旅館，丟在門口。又因爲詹姆斯不肯花錢，她沒有像樣的住所，沒有社交生活，交不到朋友，連一個說話的人都沒有；寂寞、孤單是她的夢魘，永遠擺脫不掉。在小兒子出生時，吝嗇的詹姆斯爲了省錢，找了個江湖郎中來接生。那郎中爲了替她止痛，讓她染上了嗎啡毒癮，從此失去健康，也讓她的家庭失去溫暖和快樂。

詹姆斯．泰隆與瑪麗育有二子，傑米與艾德蒙。在父親眼中哥哥傑米是個浪子。他已經三十三歲了，卻終日流連歡場，喝酒、和女人廝混。父親責怪他是「艾德蒙的壞榜樣」。艾德蒙比哥哥小十歲，他集父母兄長寵愛於一身，是泰隆家的「白色希望」，全家人希望之所寄。他頗有文學天分，卻滿腦子灰色思想；書架上盡是一些無神論、社會主義的書籍。他曾經離家在商船工作，暫時離開喧囂的世界，讓他找到心靈的平靜和生命的歸屬。

傑米妒忌父母對艾德蒙的期望和寵愛，自暴自棄地過著放蕩的生活。他違背愛爾蘭傳統信仰，違背愛爾蘭祖先刻苦耐勞的精神，是父親眼中遊手好閒的敗家子。他天資聰穎，但是上了中學之後，因爲不服管教意外被退學，從此不思長進，沉迷酒色不能自拔。其實傑米心裡有滿腔的困惑和怨恨；他不滿吝嗇的父親，也對吸毒的母親徹底失望，還忌妒相差十歲的弟弟。但是，因爲欠缺家庭溫暖，兩兄弟從小相依爲命，他對艾德蒙有非常深刻的愛。

第四幕接近尾聲時，他看似藉著酒意對艾德蒙胡言亂語，其實多少是酒後吐眞言。「我教你認識這個世界。我教你認識女人，讓你不會上她們的當，不會犯下不該犯的錯誤！第一個教你讀詩的人是誰？是我！……你不但是我弟弟，你還是我創造的人。你是我創造的弗蘭肯斯坦！我創造了你，你卻毀了我。我一直都不希望你出頭，因爲你若成功了，相形之下我就更沒出息了。我妒忌你，因爲你是媽媽的寶貝、爸爸的寵兒、我們家的『白色希望』。」

詹姆斯是泰隆一家人的支柱，卻也是他們不幸的根源。母親瑪莉會染上毒癮是因爲父親捨不得花錢請好醫生；她一直戒不了毒是因爲父親無心經營家庭生活。小兒子的結核病一直無法治癒，父親卻想送他去省錢的公立療養院治療。大兒子傑米是個不成材的浪蕩子；因爲他有一個吸毒的母親，一個只知賺錢卻不關心家人的父親，所以他憤世嫉俗、酗酒、逃避現實，最後走上自毀的道路。

兩兄弟把他們的痛苦和不幸歸咎於父親詹姆斯。可是詹姆斯也有他的苦衷。他十歲就出外工作，經過多年努力，吃了很多苦頭，好不容易積攢了一些財富，自然不捨得隨便揮霍。早年貧困的生活，如揮之不去的噩夢，糾纏他一輩子。最後一幕他對兒子告白，道出童年的辛酸。有一年感恩節，他的母親意外獲得主人給的一塊錢，叫她給孩子買禮物。母親把這一塊錢全部買了食物。他還記得媽媽緊緊摟著他們四個孩子，疲憊的臉上流下了高興的眼淚，嘴裡說：「讚美上帝，這一次，我們終於可以吃個飽。」這一番悲慘童年的告白，讓艾德蒙聽了爲之動容，讚嘆她是個偉大的母親。但是，兩個兒子從小衣食無缺，很難眞正體會父親對貧窮的恐懼。母親瑪莉生在富裕的家庭，她父親又對她百般寵愛，更難了解丈夫爲何對金錢如此貪得無厭。詹姆斯原本不理會家人的指責，最後他卻得面對一個支離破碎的家，面對失去健康、自暴自棄的家人，他悔之已晚，徒呼奈何。

在第四幕，父子終於能夠坦然面對彼此，面對自己內心的傷痛時，艾德蒙娓娓訴說他和大海的親密接觸。「那天晚上圓月高掛天空，我面向船尾躺在甲板上，船底下水花濺起層層泡沫，桅杆上掛著片片白帆，在頭頂飄揚。在這一片美麗的景色當中，我忘記自己，忘記世間一切紛擾，心靈獲得完全的釋放！我彷彿溶入海中，變成白色的帆和飛揚的浪花，變成美妙的旋律，變成月光、船隻，遁入星光閃閃的夜空！沒有過去，沒有未來，只有當下的寧靜和喜悅。知覺生命的存在，歸屬於上帝。還有一年，在美國航線上，晨曦中，只見一片寧靜的大海。海浪慢慢翻滾過來，船身隨著海浪輕輕搖擺。旅客還在睡夢中，也不見水手的蹤影；沒有人聲，只有背後的煙囪冒著黑煙。我感覺被世人遺忘，脫離塵世；看著晨曦像彩色的夢，爬上海面、爬上天空，然後海和天緊緊相擁，一起沉入夢鄉。我陶醉在悠然忘我的境界之中，彷彿此時此地就是我最後的歸宿，人世間種種齷齪、貪婪、恐懼、夢想都不存在了。」在艾德蒙這一段如詩如畫的回憶中，我們看到他和大自然緊密地融合在一起；彷彿他就是自然的一部分。

至於瑪莉，由於婚姻生活不快樂，丈夫和大兒子酗酒，小兒子又染上肺結核，種種的不如意使她無法戒毒。再加上缺少家人的關心和陪伴，又沒有朋友，她只能藉著毒品逃避現實。毒品可以帶她回到無憂無慮的修院歲月，那終日彈琴、禱告、和同學談天、追偶像的歲月。那時她天眞爛漫，有父親的寵愛和修女的呵護。她甚至立志要當修女，以爲只要繼續留在修道院，就可以永遠平安快樂。詹姆斯就曾無奈地說，當瑪莉遁入回憶時，彷彿她這一生美好的歲月都留在修道院裡。

劇終前最後一幕，主角瑪麗吸毒之後在舞台上喃喃自語，無視其他家人的存在。她把三十六年前穿的結婚禮服從閣樓上拿下來，臉上好似帶著一副純真少女的假面，追憶當年她對聖母的愛，她想當鋼琴家的美夢，還有她對愛情的憧憬。那是一段有愛、有夢、充滿希望的美好歲月。然而，雖然她苦苦找尋，美好的青春終究一去不復返。「聖母聽到了我的禱告。只要我對她的信仰不動搖，她就會永遠愛我，保護我，讓我不受傷害。……這件事發生在我要畢業那年的冬天。隔年春天情況就不一樣了。讓我想想，對了，我愛上詹姆斯．泰隆。之後有一段日子我覺得好幸福，好快樂。」（她在哀傷的夢境凝視前方。詹姆斯在椅子上坐立不安。艾德蒙和傑米一動不動）幕落，劇終。舞台上這一家人最後的畫面，令讀者和觀眾情緒受到極大的震撼，久久難以平復。

這些愛怨衝突，了解和寬恕，形成了一部扣人心弦，讓觀眾喘不過氣的偉大戲劇。劇情的發展從早晨到黑夜，這家人的命運也一步一步陷入漫長的暗夜。

背景與象徵

歐尼爾在《日暮途遠》中，運用了一些象徵性的背景，尤其霧和霧笛的象徵貫穿全劇。霧在此劇中象徵劇中人的迷惘；他們看不清自己，看不清他人，看不清命運。第一幕時間是早晨八點半，屋外陽光燦爛，天氣晴朗。第二幕在午餐前後，屋外漸漸起霧。第三幕在晚間六點半，窗外已是一片霧茫茫，把屋內一家人和屋外的世界隔絕；霧笛和船上的鐘聲不斷提醒、警告人們。霧笛的警告和霧的迷惘，緊緊扣著本劇的主題：泰隆一家令人不勝唏噓的命運。到了第四幕，時間已是午夜，窗外的濃霧越聚越多，象徵人終歸要面對不可預知的命運。除了霧和霧笛，全劇發展從晴朗的早晨到霧濛濛的午夜，正如劇名顯示，這家人從白天到黑夜，走過漫漫長路；他們原本滿懷希望，最後卻陷入絕望的深淵，看不到一絲希望。

泰隆家屋內空間的設計，也具有象徵意義。前面會客室擺設整齊，象徵這一家人的假面人生；後面幽暗、沒有窗戶的會客室，象徵他們撕掉面具後迷惘的真我。這家人作息多半在中間的起居室。他們彼此折磨，相互撕毀維護自尊的面具；到了最後一幕，他們終於連自己的面具都撕掉了。如泰隆所言，坦承自己的錯誤和失敗，讓他如釋重負。不過，他們每個人對其他家人，都存有諸多不滿和抱怨，對彼此、甚至對自己都深感失望。然而，他們也在痛苦和失望當中，學會互相體諒、寬恕與憐憫。

第一幕

日暮途遠

人物介紹

詹姆斯・泰隆：六十五歲，看起來比實際年齡年輕十歲。身高五呎八吋，生得一副好身材。寬寬的肩膀、厚實的胸膛，平常習慣昂首、挺胸、縮小腹，有著軍人英挺的儀態，看起來更是挺拔。臉孔雖然有些老態，依舊相當英俊瀟灑，深邃的淡藍色眼睛非常迷人。頭髮灰白，略少了些，還有一點禿頭。他是愛爾蘭農家子弟，生活簡單、樸素；雖出身寒微，言行舉止卻難掩演員的特質。他的聲音洪亮，說話非常動聽，自己都甚覺得意。他穿衣服並不講究，一套灰色的寬鬆衣服、沒有硬領子的襯衫、沒有上油擦亮的黑皮鞋、一條粗布手帕圍在脖子上，隨便打了個結。這種穿著可不是什麼刻意營造的休閒風格，明顯是邋遢、寒傖。他相信穿衣服只要方便自在就好，這一身裝扮是想去整理院子，好不好看一點都不重要。他身體健壯，無病無痛。還有鄉下人那種愚鈍、素樸的本質，混合著他多愁善感，和偶然閃現出直覺的敏感性。

瑪麗・卡凡・泰隆：（詹姆斯的妻子）五十四歲，中等身材，有點豐滿，曲線柔美，絲毫看不到中年婦人常見的臃腫體態。一張典型愛爾蘭人的臉孔，看得出年輕時一定是個大美人。雖然年過五十，依舊姿色不俗。但是，她美麗的臉孔和豐滿健美的身材並不相稱。她臉色蒼白，鼻子又長又直，嘴唇豐滿，嘴巴有一點大，高高的前額上面是一頭白髮。蒼白的臉色和白頭髮，襯得她深棕色的眼睛顯得更深邃。大大的眼睛、黑黑的眉毛，還有捲曲的眼睫毛。她的手指頭又長又細，而類風濕關節炎使她原本漂亮的手指關節扭曲變形，無法伸直。家人都刻意不注意她的手。越是如此，她對一雙手就更敏感，更不知往哪兒擺。她的穿著樸素得體，自信能襯出好身材，還把頭髮整理得有條不紊。

聲音柔和迷人，心情愉快時，說話的聲調還會帶著愛爾蘭人輕快的旋律。最讓人稱道的是，歲月並沒有奪走她天生的迷人特質；那是一種宛如修道院少女般的羞澀和純眞氣質，一種素樸不做作的自然魅力。

小詹姆斯・泰隆：大兒子，暱稱傑米，三十三歲。跟他父親一樣身材魁梧，比他父親高一吋，體重輕一些。但是不像他父親那麼挺拔，看起來還顯得矮一些。也不像他父親那麼有活力，甚至隱約還看到他未老先衰的樣子。臉孔露出放蕩不羈的神色，還算英俊，就是不如他父親那麼體面；不過他還是比較像父親。棕色眼睛炯炯有神，眼珠的顏色介於父親淡棕色和母親深棕色之間。頭髮稀少，已經有了像他父親一樣禿頭的跡象。鼻子跟其他家人都不同，是鷹勾鼻。臉上經常帶著嘲笑的表情，看起來有幾分邪惡。有時候他會露出親切的微笑，展現愛爾蘭人的幽默和浪漫，還帶一點傷感的詩意。這樣的魅力不但會使女人爲他神魂顛倒，男人也喜歡與他爲伍。他穿了一套寬大的衣服，打領帶，皮膚晒成了健康的棕色，臉上有著紅色的雀斑。

艾德蒙・泰隆：小兒子，二十三歲，比哥哥高了兩吋，身材瘦長。他跟父母都有點像，可能更像母親。瘦長的臉上有著像母親那樣大大的眼睛，也有母親那高高的額頭。深棕色的頭髮往後梳。鼻子像父親，臉上的輪廓也像父親。細長的手像母親，甚至和母親一樣，有一些神經質。艾德蒙最像他母親的地方，就是這種敏銳易感的特質。他的健康看起來很差。身材瘦得有些弱不禁風。兩頰凹陷，皮膚晒成深棕色，又帶著一種乾枯的黃色。只有一雙眼睛熱切有神。穿了一件襯衫，打上領帶，沒穿外套，褲子是舊法蘭絨，腳上穿的是棕色的膠底鞋。

時　間：一九一二年八月，上午八點半。

場　景：詹姆斯．泰隆夏季別墅的起居室。

舞台後方，左右各有一個門，門上掛著布簾。右邊的門通往前面會客室，室內陳設整齊，卻少有客人來訪。左邊的門通往後面會客室，這間陰暗的會客室沒有窗，充其量是從起居室通往餐廳的通道，沒別的用途。

左右兩個門之間有一個小書架，架子上方掛著一幅莎士比亞的畫像。架子上擺的是巴爾札克、左拉和史丹達爾的小說；叔本華、尼采、馬克斯的哲學和社會學的書；易卜生、蕭伯納的劇本；還有王爾德、道生、吉卜林的詩集。

右面的牆後方有一個紗門，通往陽台。陽台環抱著半邊的房子，有三面景觀窗，由窗口可以看到房子前面的草地。一大片草地一路鋪展到通往港口的道路。窗子兩旁靠牆有一張籐製的桌子和一張橡木書桌。左面的牆有同樣的景觀窗，從窗口可以望見房子後面的院子。窗子下面有一個籐製的躺椅，椅上有墊子。後面是一個有玻璃門的書櫃，書櫃裡是整套的大仲馬全集、愛爾蘭小說家利佛全集、三套莎士比亞的戲劇、五十大冊的世界文學名著、休姆的英國史、吉朋的羅馬帝國興亡史，還有一些劇本、詩集，和幾本愛爾蘭史。這麼多書全部都有人翻閱過，看得出來是有人反覆細讀過。地上鋪一張式樣和顏色都不錯的地毯，幾乎把整個硬木地板都蓋住了。中間是一張圓桌，桌上有一盞檯燈，綠色的燈罩。桌旁在檯燈照得到的地方有四張椅子，三張籐椅，另一張在桌子的右前方是橡木製的搖椅，上面有皮製椅墊。

時間大約是早上八點半。陽光從右邊窗子灑進來。幕啓時，全家剛吃過早飯。瑪麗和她丈夫從餐廳經過後面會客室走出來，詹姆斯的手臂環繞著妻子瑪麗的腰。進入起居室時，詹姆斯親密地抱住妻子。

詹姆斯：瑪麗，你長胖了，多了二十磅重，應該有吧？腰圍正好是我兩手抱住的寬度。

瑪　麗：（親密地微笑）親愛的，我會不會太胖了？該減肥了。

詹姆斯：沒這回事，老婆大人。你不胖不瘦，剛剛好。減肥的事就別談了。你早餐吃那麼少，是不是怕胖？

瑪　麗：你說我吃太少？我吃很多啦！

詹姆斯：吃太少了。你應該多吃一點。

瑪　麗：你這個人就是這樣！你以爲大家都該跟你一樣？誰像你早餐吃那麼多，不怕撐死。（她向前走，站在桌子的右邊）

詹姆斯：（跟著她走到桌邊）看你講的好像我是大胃王，我才不是呢。（得意地說）說真的，感謝主！我胃口不減當年。都六十五歲了，也算上了年紀。不過，我想我會像二十歲的小伙子一樣，胃口好，消化快。

瑪　麗：你胃口眞的很好，誰不知道。（她哈哈笑，在桌子右後方的靠臂椅上坐下來。他從後面繞過來，從桌子上的煙盒裡拿了一根雪茄，用小剪子切開。從餐廳傳來兩個兒子傑米和艾德蒙說話的聲音。瑪麗把頭轉向餐廳）奇怪，這兩個孩子怎麼還在餐廳不出來呢？卡士琳不是等著要收拾餐桌嗎？

詹姆斯：（故作開玩笑狀，但是聲調有些怒氣）我猜他們在開秘密會議，不想讓我們聽到。一定是在策畫什麼陰謀，要跟「老傢伙」過不去。（她不說話，頭還是向著聲音的方向。手擱在桌上，不安的擺動。他點燃雪茄，坐在桌子右邊他專用的搖椅上，開始吞雲吐霧）飯後一根菸，快樂似神仙，當然，還得要有上等的好雪茄。這個品牌味道不錯。還是特賣呢！很划算，是麥貴叫我去買的。

瑪　麗：（有點諷刺的口氣）他最好別叫你再買土地。自己不買，只會叫你買！

詹姆斯：（趕忙辯解）話不能這麼說，瑪麗。畢竟是他勸我買栗子街那塊地，我又脫手得快。低買高賣，賺了不少錢呢！

瑪　麗：（微笑，故意逗他）那是你交了好運。麥貴做夢也想不到……（話沒講完就停住，輕拍他的手）你最好別再買地，因為你不夠奸詐，根本不是炒地皮的料。算了，不談這個了。反正，我也勸不動你。

詹姆斯：（生氣）我倒不這麼想。土地就是土地，總比股票和華爾街騙子的公債來得安全。（想緩和局面）好了啦，不要一大清早就為這事兒吵架。（停頓一下。又聽到孩子們的聲音。其中一人突然咳了一陣。瑪麗滿臉憂心，手指頭在桌面上神經質地擺動）

瑪　麗：詹姆斯，艾德蒙才該好好吃呢！他早餐就只喝咖啡，不吃別的。他要吃點東西才會有力氣。我一直叫他多吃，可是他說沒胃口。當然，夏天重感冒會讓人沒胃口。

詹姆斯：那當然。你千萬不要擔心。

瑪　麗：（趕忙說）噢，我不擔心。我知道，只要他小心點，過幾天就會好。（似乎想換個話題，卻又繞回兒子身上）他偏偏在這個時候生病，眞是不巧。

詹姆斯：是啊，眞不巧。（他擔心地瞄了她一眼）你千萬不要擔心，瑪麗。聽我的話，你也該留意自己的身體。

瑪　麗：（趕緊接著說）我不擔心。有什麼好擔心的啊！你怎麼會認爲我在擔心呢？

詹姆斯：沒事，只是看你這幾天有點緊張，有點焦慮。

瑪　麗：（勉強微笑）我緊張？沒的事。你想太多了。（突然緊張起來）詹姆斯，你不要老是看著我，你這樣瞧著我，讓我很不自在。

詹姆斯：（把一隻手擱在她一直無法靜止的手上）哎，瑪麗，是你想太多了。我是在欣賞你豐滿的身材、美麗的臉蛋。（他的聲音突然顫抖，深情又感性）你這一次回來，我又看到你過去的樣子。我好開心，眞的好開心。（他起身向前，激動地吻著她的臉頰，然後轉過身來，帶著一種抑制的語調說）所以，瑪麗，你一定要努力照顧好自己。

瑪　麗：（把頭轉開）我會的，親愛的。（她不安地站起來，走到右邊的窗口）謝天謝地，霧已經散了。（她轉過身來）我覺得不大舒服。討厭的霧笛，整夜叫個不停，讓人沒法好好睡。

詹姆斯：是啊！好像院子裡有一隻生病的鯨魚，整夜在呻吟，霧笛聲吵得我也睡不著覺。

瑪　麗：（高興起來）喔？你睡不著還打鼾呢！好大聲，我都分不清是霧笛在響，還是你在打鼾。（她向他走來，笑嘻嘻地輕拍他的臉）我看十個霧笛也吵不醒你。神經眞大條。

詹姆斯：（惱羞成怒）亂講。你就是愛取笑我，我打鼾沒那麼誇張吧？

瑪　麗：我才沒誇張呢。你應該自己聽聽看……（從餐廳傳來一陣笑聲。她微笑地轉過頭）他們在講什麼笑話啊！

詹姆斯：（氣沖沖）肯定是在講我的笑話！他們又在嘲笑我。笑我這個老傢伙。

瑪　麗：（揶揄他）是啊，我們不該老是挑你毛病。你大概也受夠了。（她哈哈笑，然後語氣輕鬆）不管他們在講什麼笑話，聽到艾德蒙的笑聲，我就放心多了。最近一個月他心情都不太好。

詹姆斯：（還在生氣）我跟你打賭，一定是傑米又在講什麼人的笑話了。他老愛取笑人，開別人玩笑。這小子！

瑪　麗：親愛的，你就別再罵可憐的傑米了。（接下來這句話她說得有些猶豫）他將來一定會有出息的，你等著瞧好了。

詹姆斯：他最好趕快振作。都幾歲了，三十四了耶！

瑪　麗：（不理他的話）天啊，難道他們打算窩在餐廳一整天嗎？（她走到後面會客室門口喊）傑米！艾德蒙！到客廳來，讓卡士琳收拾餐桌。（艾德蒙回答：「馬上來了，媽！」她回到桌旁來）

詹姆斯：（咕噥著埋怨）不管他做什麼事，你都會替他找藉口。

瑪　麗：（坐在他旁邊，輕輕拍著他的手）噓。（他們的兒子傑米和艾德蒙從後面會客室走出來。兩人開心地笑著，好像剛才的笑話還沒有講完。他們向前走，看到父親，笑得更開心）

瑪　麗：（轉身對他們微笑，用愉快，但有點做作的聲調說）我剛才在取笑你父親打鼾的聲音。（對詹姆斯說）詹姆斯，這件事就讓孩子們來評評理。他們一定聽過你打鼾的聲音。喔！傑米也許沒聽過。因爲你的鼾聲不比你父親小。你跟他一樣，頭一碰到枕頭，馬上就鼾聲大作，十個霧笛也吵不醒。（她突然不說話，看到傑米用不安和刺探的眼光注視她。她的微笑消失，神色變得很不自在）傑米，爲什麼瞪著我看？（她的手不安地一直摸著頭髮）是不是我的頭髮亂了？我現在整理頭髮很吃力，視力越來越差，老是找不到眼鏡。

傑　米：（慚愧地移開視線）你的頭髮很好，媽媽。你看起來好漂亮。

詹姆斯：（熱切地大聲說）我也這麼跟她說，傑米。你看她豐滿又性感，漂亮的不得了。

艾德蒙：是啊！媽媽，你看起來美極了。（她有了信心，開心微笑。他促狹地笑著對她擠擠眼）爸爸打鼾這件事，我挺你。好大聲，好吵！

傑　米：是好吵。（他學小演員笨拙的樣子念了一句莎士比亞劇本《奧賽羅》的

台詞）「**那摩爾人來了，我聽到他的喇叭聲了。**」（逗得他母親和弟弟都笑了）

詹姆斯：（真的生氣了）你在舞台上不是經常忘詞嗎？原來我打鼾能讓你把台詞背起來，不需要靠提詞的那個笨蛋。那好，我就天天打鼾。

瑪　麗：算了，詹姆斯，何必生這麼大的氣。（傑米聳肩，坐在她右邊的椅子上）

艾德蒙：（煩躁）是啊，爸爸。才吃完早餐就吵架！別吵了，好嗎？（他猛然跌坐在哥哥的旁邊，詹姆斯不理他）

瑪　麗：（責備艾德蒙）你爸爸並沒有惹你，你不要忙著替你哥哥解圍。你老是護著他，你以爲自己是哥哥嗎？。他大你十歲，他才是哥哥。

傑　米：（厭煩）不要再吵了，小事情嘛！算了吧！

詹姆斯：（輕蔑）對啊，算了。什麼事都算了，都不必去面對！這倒省事。要是你一輩子都沒有野心，只想要……

瑪　麗：詹姆斯，別講了。（她用一隻手臂環抱著他的肩膀，哄著他）你今天好像有些起床氣。（換話題，對孩子說）你們剛才笑得好開心，什麼事那麼好笑？

詹姆斯：（努力裝出輕鬆的樣子）是呀，孩子，什麼事那麼好笑？讓我們也聽聽看。我剛才告訴你母親，我知道你們在笑什麼。一定是在嘲笑我吧？沒關係。我早就習慣了。

傑　米：（面無表情）別看我。問小弟吧！

艾德蒙：（咧著嘴巴笑）爸爸，昨天晚上我本來想告訴你，結果忘了。昨天我出去散步，又去了那家酒館……

瑪　麗：（憂心）艾德蒙，你不該又去喝酒。

艾德蒙：（不理母親的話）猜猜看，我在酒館碰到誰了？我碰到那個頭髮捲捲的蕭尼西，就是你的佃農。

瑪　麗：（微微一笑）那個傢伙啊！他倒是挺有趣的。

詹姆斯：（不悅、皺眉）你要是他的地主，就不會覺得他多有趣。他個兒雖小，卻詭計多端，是個難對付的愛爾蘭人。艾德蒙，他又跟你發什麼牢騷呀？是不是又要求我少收一點佃租？其實，我收他那麼一點佃租，幾乎是把地白白送給他種。我只是希望那塊地不要荒廢。這傢伙老是不照規矩付租金，總是要等到我恐嚇他，要收回那塊地，他才肯乖乖把錢從口袋裡掏出來。

艾德蒙：沒有啦，爸爸，他沒發什麼牢騷。他還挺開心的，昨天還破天荒買了一杯酒喝。我還聽說他和你的朋友哈克幹了一架，把那個哈克打得落荒而逃。他好得意。喔！就是石油公司的大財主哈克。

瑪　麗：（愉快卻又驚慌的樣子）噢，天啊！詹姆斯，你得想想辦法……

詹姆斯：該死的傢伙！

傑　米：（幸災樂禍）我敢打賭，下一回在俱樂部碰到哈克，你要是向他鞠躬哈腰，他一定會裝作沒看到你。

艾德蒙：對。哈克會認爲你收容了一個惡佃農。面對他這個石油大王，竟然不低頭。好大的膽子！哈克肯定不會理你了。

詹姆斯：不要講這種帶刺的話，我不想聽……

瑪　麗：（打斷她老公的話）繼續講，艾德蒙。

艾德蒙：（咧著嘴笑，故意逗他父親生氣）爸爸，你可記得哈克的農場有一個水池？就在你的農場旁邊。蕭尼西養了幾隻豬。因爲籬笆破了個洞，有幾隻豬就跑到這位富翁的水池裡洗澡。哈克的工人一口咬定，是蕭尼西故意在籬笆上弄一個洞，故意把那些豬趕到哈克的池塘裡。

瑪　麗：（愉快，卻故作震驚）天啊！

詹姆斯：（帶著讚佩的口氣）我相信他是故意的，那個無賴。沒錯，一定是他搞的鬼。

艾德蒙：後來哈克自己跑來找蕭尼西算帳。（咯咯笑）簡直是找死！以為他有幾個錢就可以欺負人嗎？他不過是繼承祖先掠奪來的財富罷了。除了有錢，他有什麼本事呀！

詹姆斯：（表示同意）是啊，他怎麼打得過蕭尼西呢？（接著，他咆哮起來）你又說這些社會主義的言論。我不想聽！（但是他又很想知道下文）後來呢？

艾德蒙：哈克要是打得過蕭尼西，我就能打敗拳王傑克．強生。蕭尼西幾杯黃湯下肚，就直挺挺站在大門口等哈克，還揚言要讓哈克連開口的機會都沒有。他向哈克叫陣，說他雖然是個小佃農，可不是石油公司大財主的奴才，不是好欺負的。他還罵哈克是個下流胚子，只會壓榨窮人，沒別的本事。

瑪　麗：噢，天啊！（忍不住笑了）

艾德蒙：他還倒過來向哈克興師問罪，硬說是哈克叫他的工人拆掉籬笆，還把他的豬群趕到水池裡，分明是要這些豬去送死。蕭尼西又叫又罵，他說這些可憐的豬恐怕會凍死。有幾隻豬得了肺炎，還有好幾隻豬因爲喝了有毒的水，得了霍亂。他警告哈克，要找律師告他，要他賠償損失。末了，他說倒楣的還不只是他的豬呢！爲了把豬給趕回來，他還得對付哈克田裡那些有毒的常春藤、扁蝨、蛇和臭鼬。他雖然是個老實人，耐性也是有限的。被石油公司這個土匪這樣欺負，他要是再不出聲，就是天殺的孬種。最後，他叫哈克快快滾蛋，再不滾回去，他

可要放狗咬人了。結果，哈克眞的摸摸鼻子走了！（他和傑米大笑）

瑪　麗：（震驚，咯咯地笑）天啊，這傢伙罵人可眞惡毒呢！

詹姆斯：（欽佩）天殺的老混蛋！沒有人像他那麼惡毒！（笑了，然後突然停住，皺眉）那個流氓！這下可把我害慘了。你有沒有告訴他我會被他氣死呢？

艾德蒙：我告訴他你對這次愛爾蘭人的空前勝利，高興得不得了呢！你難道不高興？爸爸，你就別裝了吧。

詹姆斯：亂講，我哪有高興！

瑪　麗：（戲謔的口氣）你哪沒高興？詹姆斯。我看你明明就很開心啊！

詹姆斯：說眞的，瑪麗。笑話歸笑話，可是……

艾德蒙：我還告訴蕭尼西，他應該提醒哈克，石油公司大財主喝的水應該要帶一點豬臭味，這種臭水就是給他這種人喝的。

詹姆斯：好傢伙，你眞這樣講？（蹙眉）不許把你那天殺的社會主義謬論攪和到我的事情來！

艾德蒙：蕭尼西聽了倒是高興得差點掉眼淚，因爲他沒想到可以這樣侮辱哈克。他說他會寄封信給哈克，提醒他。（他和傑米都笑了）

詹姆斯：笑什麼？有什麼好笑？生了你這個寶貝兒子，竟然替那個流氓幫腔。你要連累我吃上官司才高興呀！

瑪　麗：哎，詹姆斯，別生氣。

詹姆斯：（轉過頭罵傑米）你，你比他更可惡。昨天你沒在現場，沒有機會教蕭尼西說一些更下流的話，恐怕覺得很遺憾吧？一事無成，就會惹麻煩！

瑪　麗：詹姆斯！你幹麼無緣無故罵傑米？（傑米本想反脣相譏，卻只是無奈的聳聳肩）

艾德蒙：（突然神經質的不耐煩起來）噢，爸爸，你再發牢騷，我就要閃了。（站起來）我上樓去拿書。（他走到前會客室門口，又厭煩地回頭說）天哪，爸爸，你還要再算舊帳嗎？（說完走開。詹姆斯憤怒地目送他離去）

瑪　麗：別怪艾德蒙。他身體不舒服。（聽到艾德蒙上樓時咳嗽的聲音，她又神經質地說）夏天感冒眞叫人擔心。

傑　米：（真正關心）不只是感冒，媽媽。那孩子病了。（他父親看他一眼，警告他，可是他沒理會）

瑪　麗：（轉身罵他）誰說不是感冒？他就是感冒，不要亂講！

詹姆斯：（又警告地看傑米一眼，故作輕鬆）傑米是說，艾德蒙也許會有什麼併發症，那這個感冒就嚴重了。

傑　米：是啊，媽媽，就是這個意思。

詹姆斯：哈迪醫師認爲，他可能在國外感染到瘧疾，只要給他服用奎寧就可以治好。

瑪　麗：（臉上露出不屑的敵意）哈迪醫師！我根本不信任他！醫生是什麼東西，我太清楚了！他們都一樣。不管大病小病，管你嚴重不嚴重，醫生就是故意不給你把病治好。他要你一趟又一趟去找他。（她突然停住不說，因為她發現父子倆的眼睛瞪著她看，她變得很不自在，手緊張地舉起來摸頭髮。勉強微笑）怎麼啦？你們看什麼？是不是我的頭髮……

詹姆斯：（親密地抱她）你的頭髮很好啊。你是越來越健康，越來越會打扮了。過不了多久，你又會整天照著鏡子，把自己打扮得漂漂亮亮的。

瑪　麗：（半信半疑）我眞的需要再配一副眼鏡，視力越來越差。

詹姆斯：（帶著愛爾蘭人特有的哄騙的口吻）你的眼睛很漂亮，沒問題啦。（親了她一下。她臉上散發出一抹光采，還帶著害羞的神態。這一刻，她臉上又露出少女羞澀純真的神態）

瑪　麗：別這樣，詹姆斯。在孩子面前，不好意思！

詹姆斯：別不好意思。我讚美你的眼睛和頭髮，就是要你開心嘛。孩子也了解。對不對，傑米。

傑　米：（他開心的笑，從他的微笑中，可以看出他年少時的魅力）是啊，媽媽。

瑪　麗：（笑了，聲音中帶著愛爾蘭女人輕快的音律）別逗我。看你們父子倆！（天真又認真地說）年輕的時候，我有一頭漂亮的秀髮。對吧，詹姆斯？

詹姆斯：對，你有全世界最漂亮的頭髮！

瑪　麗：棕色，還帶一點紅色光澤，很少見的顏色。長度垂到膝蓋以下。詹姆斯，你應該還記得吧。艾德蒙出生以前，我有一頭秀髮，找不到一根白髮。可是，後來就慢慢變白了。（少女嬌羞的神態從她臉上慢慢消失）

詹姆斯：（趕緊接下去）我覺得妳現在比以前更漂亮。

瑪　麗：（又是難為情，又是高興）傑米，別聽你爸爸胡說，結婚都三十五年了，他就是愛逗我。還眞會演，不愧是職業演員！詹姆斯，你該不會是記恨我取笑你打鼾，就故意挖苦我吧？好吧，我收回取笑你的話，（她笑起來，他們都陪著她笑。然後她用正經的口吻）好了，別再灌我迷湯了，我得進廚房去看看，吩咐廚子要買菜煮飯。（她站起來，誇張地嘆氣）白莉吉這女人又懶惰，花樣又多。她不停地講她親戚的事，我連想插嘴罵她，都抓不到空檔。我得去找她，把事情交代清楚。（她往後走，到了門口，轉過身來，臉上露出憂心的神情）詹姆斯，你千萬不要叫艾德蒙跟你到院子裡工作。（臉上又露出倔強的神色）我不是擔心他身體受不了，是怕他流汗會著涼。（看著她走進後面會客室，詹姆斯以責備的態度，轉過來面對傑米）

詹姆斯：你這個笨蛋！有沒有腦袋啊？怎麼還提艾德蒙的病，你想讓她擔心嗎？

傑　米：（聳肩）罵的好。不過，我們一直瞞著她恐怕不大好吧！最後她還是得面對眞相。到那時候，她恐怕會承受不了。你也看到了，剛才她還講什麼夏天感冒，明明是在騙自己。其實她心裡很明白。

詹姆斯：她明白？沒有人明白吧！

傑　米：其實，我明白艾德蒙的情況。禮拜一我陪他去找過哈迪醫師。聽到他約略提到瘧疾，可是後來他又說不大像是瘧疾。昨天你到城裡去，不是有和他談過了嗎？

詹姆斯：他還不能十分肯定。今天艾德蒙要去看病，哈迪醫師會先打電話給我。

傑　米：（緩慢地說）爸爸，他判斷是肺結核，是不是？

詹姆斯：（欲言又止）他說，可能是。

傑　米：（對弟弟的愛讓他很難過）可憐的孩子，這可怎麼辦？（以責備的口氣對著父親）當初他身體不舒服，你就應該帶他去找個好醫生。看吧，現在變這麼嚴重。

詹姆斯：哈迪醫師有什麼不好？他本來就是我們的家庭醫生。

傑　米：他哪裡好？！就算在我們這個鄉下地方，他也只能算是三流醫生！他是專門招搖撞騙的江湖郎中！

詹姆斯：你說話這麼毒，這樣損人。難道在你的眼裡，每個人都是騙子！

傑　米：（輕蔑）哈迪看病只收一塊錢，所以你認定他是個好醫生！

詹姆斯：（惱羞成怒）閉嘴！大清早，你還沒喝酒就開始講醉話！（他控制情緒，想為自己辯解）有些醫生專門敲有錢人竹槓，難道我該找他們？我可請不起這種醫生。

傑　米：你請不起？你是大地主耶！這附近有幾人像你，生意做得這麼大？

詹姆斯：你就認定我有錢，是吧？老實告訴你，我的房產都抵押給銀行了……

傑　米：那是因爲你買了很多土地，才得向銀行借錢。要是艾德蒙是一畝你想要買的地，你還會在乎他要花你多少錢嗎？

詹姆斯：胡說八道！你就知道譏笑哈迪醫師！至少他不會裝模作樣，不會把診所開在高級住宅區，不會開著高級轎車到處招搖。那些只會裝模作樣的大夫，看一看舌頭就要五塊錢。他們只講派頭，不講醫術的。

傑　米：（藐視地聳肩）好吧。不跟你抬槓。你是江山易改，本性難移。

詹姆斯：（越來越憤怒）對！我是本性難移。你何嘗不是？我原本還希望你會痛改前非，現在已經不指望了。你憑什麼怪我不捨得花醫藥費？你從來就不知道金錢的價值，一輩子都不會知道。賺多少花多少！每次有個工作，賺一點錢，最後總是一毛不剩。就知道喝酒玩女人。

傑　米：我賺的錢！就那幾個錢？天啊！

詹姆斯：那幾個錢也不算少了。要不是因為我，才不會有人肯給你那個價錢呢。要不是因為你是我兒子，誰會理你？你名聲那麼臭，誰會找你演戲？我還得低聲下氣替你求情，說你已經改邪歸正。可我心裡明白，你就是死性不改。

傑　米：我根本不想演戲，是你逼我上台的。

詹姆斯：又胡說！你從來就不肯用心找個事做，我才不得已替你安排這個工作。除了找戲院的朋友幫忙，其他工作我也使不上力。我逼你上台？說話要摸著良心。你除了在酒吧鬼混，又做了什麼？好吃懶做，一輩子都要依靠我！我浪費了多少錢讓你受教育，可是你進了大學，還是給開除了，弄到最後沒學校念。

傑　米：哎，看在神的份上，不要再算那些老掉牙的舊帳了吧！

詹姆斯：那不是老掉牙的舊帳。看你現在還不是一樣，每年夏天都跑回家來依靠我。

傑　米：我整理屋子周遭的庭院，省得你花錢僱工人。我可沒有靠你養。

詹姆斯：胡說！要你做這一點小事，還需要我一直催你呢！（他的憤怒漸漸消退，換成訴苦）我不需要你感激我，可是你是怎麼對待我的？你三天兩頭諷刺我，罵我是不可救藥的守財奴。嘲笑我的職業，嘲笑每一件該死的事。你怎麼不嘲笑自己呢？

傑　米：（苦笑）爸爸，事情不是這樣。只不過你聽不到我的內心話罷了。

詹姆斯：（困惑地瞪著他，然後念台詞）「**忘恩負義，是最毒的野草**」！

傑　米：我就知道你會念這句台詞！神啊！不曉得念幾千遍了！（他停住。厭煩，聳聳肩）好吧，爸爸。我是一個遊手好閒的人。你要怎麼都可以，求求你，不要再罵了。

詹姆斯：（嚴肅地規勸）你要有點志氣，不要胡鬧。你還年輕，還可以有一番作爲。你有成爲好演員的資質！別忘了你是我兒子！

傑　米：（厭煩）我們還是不要談這個話題，沒必要弄得我們兩人都不高興。（詹姆斯投降了。傑米繼續漫不經心地說）怎麼又繞到這個話題呢？啊，對了，哈迪醫師。他什麼時候會打電話來告訴你愛德蒙的事？

詹姆斯：大約午飯的時候。（他停頓了一下，替自己辯解）艾德蒙生病的時候，我沒有替他找別的醫生，因爲他從小就是給哈迪看病。哈迪知道他的體質，別的醫生不知道。我並不是守財奴，問題不在花多少錢。（沉痛地）就算是美國最頂尖的專科醫師又能對艾德蒙有什麼幫助呢？他在大學給開除以後，就開始過瘋狂的生活，傷害自己的健康。進大學之前，在大學先修班的時候，就學你的樣子，在百老匯鬼混。你的體格健壯，受得住，他就不行了。你跟我一樣身體強壯，但是他卻跟媽媽一樣神經質。這幾年我一直警告他，要他注意健康，他就是不理我，現在已經太遲了。

傑　米：（大聲抗議）什麼叫太遲了？你是認爲……

詹姆斯：（發起脾氣來）別傻了！我只是實話實說。你我都看得出來，他的健康已經亮紅燈了，需要長期治療。

傑　米：（不理他父親的話，瞪著他看）我知道愛爾蘭鄉巴佬的想法，肺結核是絕症。他們窮，住在鄉下破爛又骯髒的房子，那樣的生活條件，肺結核或許眞的是絕症。但是我們住在美國，有最新的醫療……

詹姆斯：這個道理我會不知道嗎？不要拐彎抹角罵你的愛爾蘭祖先，嘲笑鄉下人，說人家住在破爛又骯髒的房子。（指責傑米）你最好少談愛德蒙的病，免得良心不安。他會生病不是你害的嗎？

傑　米：（良心受刺）胡說，爸爸。你不要冤枉我！

詹姆斯：我沒冤枉你。你給他最壞的榜樣。他從小就崇拜你，把你當英雄。可是，你給他的是怎樣一個好榜樣啊！除了教他墮落，你還能給他什麼呢？要是你能給他一點兒規勸的話，就不會有這樣的結果。可是我就從來沒聽過你勸他走正路，做正事！小時候，你就教他些大人的玩意兒，對他灌輸你那一套扭曲的人生道理，可是他年紀太小，根本就不曉得你滿腦子都是會毒害他的想法。你認定每個人都是壞蛋，女人嘛，不是妓女就是傻瓜！

傑　米：（厭煩——辯解——裝作不在乎）好吧，我承認我有提點他一些人生道理。當時看到他已經要鬧出事情來了，我要是勸他走正路，他會嘲笑我，說我這個大哥哥盡講一些老掉牙的廢話。我想要當他的好哥兒們，就要對他坦白，讓他從我的錯誤當中學到教訓。（聳聳肩，諷刺的口氣）既然做不成好人，就得小心提防壞人，不是嗎？（他父視鄙視地哼著鼻子，傑米很激動）爸爸，你怪我害了他，這對我並不公平。他不但是我最親愛的小弟弟，還是可以掏心掏肺的好哥兒們。爲了他，要我做什麼都行。

詹姆斯：（感動，口氣緩和些）我知道你是爲他好，傑米。我知道你不是故意要傷害他。

傑　米：你說，我能怎麼傷害他呢？誰有本事勸得動他呢？他就是想怎樣就怎樣的個性。不要被他溫和的外表騙了，以爲他會聽你的。其實他固執得不得了。他想做什麼，誰能叫他轉彎？這幾年，他玩的那些把戲，當水手啦，有的沒的，走遍世界各個角落，這些事跟我有什麼關係呢？我還告訴他這些是笨蛋做的事。我怎麼也沒有辦法想像，南美洲的海灘有什麼好玩的？還住在髒兮兮的小酒吧，喝劣等威士忌，有什麼樂趣呢？我才不做這種事呢！我絕不會離開百老匯，我只想舒舒服服的住在旅館，好好地洗澡，沒事還可以喝兩杯上等威士忌。

詹姆斯：百老匯！你這付德性就是百老匯害的！（有驕傲的意味）不管艾德蒙過去做了什麼，他至少有勇氣離家出去闖天下，就算身無分文，在他鄉異地，他也不能回家訴苦。

傑　米：（自尊心給刺傷，轉成譏諷又妒忌的口氣）可是他最後總是落魄地跑回家來，不是嗎？看看他闖天下弄成今天怎麼一個樣子？看看他！（突然感到丟臉）算了，不說這些了。

詹姆斯：（決定不跟他計較）他文筆倒是很好。希望有一天他會找到他想做的事業。

傑　米：（又以譏諷妒忌口氣說）不就是小地方的一份爛報紙嗎？他們在你面前吹捧他，可他們就老實告訴我，小弟是個三流的記者。就因爲他是你兒子……（又感到慚愧）其實，說眞心話，報社很樂意刊登他寫的文章。他寫作的題材很特別，讀者很喜歡。我認爲他寫的詩和諷刺的文章蠻好的。（又惡意地說）但是這些文章都不是什麼偉大的作品，也不能讓他出人頭地。（趕緊補上一句）不過，總算有一個不錯的開始。

詹姆斯：是啊，他總算有了一個好的開始。你以前常說，將來要當新聞記者，可是你就不肯從基礎做起，一開始就想要……

傑　米：看在老天的份上，爸爸！你就饒了我吧，行不行？

詹姆斯：（盯著他看，然後移開目光，停了一會兒）他運氣也太差了吧，在這個節骨眼，生了這個病，眞不是時候。（語氣中遮掩不住心裡的不安）我還眞擔心你媽媽呢。她現在需要休養，不能再操心。可是艾德蒙生病讓她很擔心。怎麼辦才好呢？她回來兩個月了，恢復情況還不錯。（他的聲音逐漸沙啞，有點顫抖）也算是老天保佑了。這個家又有了家的樣子。跟你說這些幹什麼呢？傑米。（他的兒子注視著他，第一次感到對他有一種了解的同情心。似乎他們之間突然存在著一種共同的感情連繫，這種連繫能化解所有仇恨）

傑　米：（溫柔的口氣）爸爸，我也有同感。

詹姆斯：是啊，你也看到了，她好健康，好有信心，像變了個人似的。神經質也比較可以控制了。可是，艾德蒙卻在這個時候生病了。我發現她又開始緊張，開始害怕了。上帝啊！幫助我們不要讓她知道眞相。如果艾德蒙的病眞是肺結核，他就必須住到療養院治療，那麼我們就不能再瞞著她了。你外公就是因爲肺結核死的。她愛她父親，永遠懷念他。天啊，要是她知道這件事，該有多難過啊。希望她可以度過難關。我們必須幫她忙，傑米，盡我們最大的努力幫忙吧！

傑　米：（很感動）那是一定的，爸爸。（猶豫）今天早晨，她是有點神經質，不過，其他倒是還好。

詹姆斯：（有了信心）好極了。她今天心情很好，還能開玩笑呢！（突然間，他懷疑地對傑米皺眉頭）你爲什麼說「還好」呢？爲什麼不是很好？到底是什麼意思？

傑　米：你又要挑我毛病了。天啊！爸爸，我們能不能不要爲了媽媽的事吵架？我們能不能心平氣和的討論呢？。

詹姆斯：好了，對不起，傑米。（緊張）你繼續說。

傑　米：應該是沒什麼事啦，大概是我的問題。昨天晚上……。我好怕噩夢又要開始了。我就是多心，怕她又……。（痛心）可惡！不該這樣懷疑媽媽！她看我們在注意她……。

詹姆斯：（傷心）我知道。（緊張）到底是怎麼回事？你講清楚一點！

傑　米：好，我告訴你。不知怎麼啦，我今天清晨三點醒來，聽到她在那個空房間走動，然後走到浴室。我就假裝睡著，聽到她在走道停了一會兒，好像要確定我是不是真的睡著了。

詹姆斯：（勉強裝作不在乎）老天，就這件事嗎？她告訴我是霧笛的聲音害她整夜都睡不著。艾德蒙生病以後，她每天夜裡總是走來走去，看看他有什麼狀況。

傑　米：（熱切的口氣）對了，那就沒錯了。她在他房門外停了一會兒。（遲疑了一會兒）可是我怕的是，她又待在那間空房間。我實在是怕，她只要開始在那空房間睡覺，就會有事。

詹姆斯：這次不會了！不就是要躲開我打鼾的聲音嗎？還會有什麼其他的事呢？（發脾氣）天啊，我眞不明白，你這樣捕風捉影，疑神疑鬼，誰受的了你啊！

傑　米：（感到委屈）別借題發揮了。沒事兒！都是我的問題。我也希望眞的沒這事兒呀！

詹姆斯：（口氣緩和）我相信你，傑米。（停頓一下！表情變陰鬱，帶著恐懼，緩慢地說）她擔心艾德蒙的病，擔心是老天懲罰她。艾德蒙出生以後，她生了一場大病，之後她就開始……

傑　米：又不是她的錯！

詹姆斯：我沒有怪她呀！

傑　米：（毫不留情地責問他）那麼你怪誰呢？怪艾德蒙，怪他不該出生到這個世界來嗎？

詹姆斯：你這笨蛋！我們能怪誰呢？

傑　米：怪那個渾蛋大夫！媽媽說他跟哈迪一樣，是個蒙古大夫！你就是不肯花錢請一流的……

詹姆斯：沒這事兒。（憤怒）原來你要怪的人是我！拐彎抹角就是要怪我？你這個惡毒的不肖子！

傑　米：（聽到他母親在餐廳裡趕緊發出警告）噓！（詹姆斯趕忙站起來，走到右邊窗口張望。傑米用完全不同的聲調講話）我們今天要修剪前院的樹籬，恐怕現在就得走。（瑪麗從後面會客室走進來，看了他們一眼，態度緊張，不自在）

詹姆斯：（從窗口轉過身來，故作熱心狀）是啊，這麼好的天氣，躲在家裡吵架，糟蹋了這麼好的天氣。瑪麗你看，港口的霧已經散了。看樣子，這陣子有霧的天氣也過去了。

瑪　麗：（走向他）希望是過去了。（對著傑米勉強微笑）傑米，我好像聽到你說，你們要整理前院的樹籬，眞的嗎？這可稀奇了，你一定又是缺錢，想賺一點零用錢花。

傑　米：（開玩笑）我幾時不想？（向她眨眨眼，用嘲笑的眼光看他父親一眼）我希望這個周末能夠賺到一大筆錢，好去城裡喝個痛快。

瑪　麗：（對他的幽默毫無反應，手不停地摸著衣服）你們剛才在吵什麼呀？

傑　米：（聳聳肩）還不就是爲了那些事。

瑪　麗：我聽到你說什麼大夫，你爸爸說你很惡毒。

傑　米：（趕緊解釋）喔，這個啊！我說我不認爲哈迪是個好醫生。

瑪　麗：（知道他在撒謊，隨口應付）喔，我也不認爲他是好醫生。（轉換話題，強作微笑）死白莉吉！被她纏住就走不開。她不停的講，就是她那個在聖路易當警察的表哥。（帶著緊張的煩躁）喔，對了。你們不是要整理前院的樹籬嗎？怎麼還不走？（趕緊補充說明）我是說，你們得趁著霧散的時候，好好把握這天氣。（似乎是自言自語，不過聲音大些）我知道這種天氣會再起霧。（感覺他們父子都盯著她看，又神經質起來。迷惑地，把兩隻手舉起來）風濕痛讓我能未卜先知，預測天氣比你們準，詹姆斯。（用厭惡的神情瞪著雙手）噢！這雙手好難看。其實，這雙手以前好漂亮，可是誰相信呢？（他們越來越恐懼地盯著她看）

詹姆斯：（握著她的手，輕輕地扳下來）別這麼說，瑪麗。別說傻話。你有一雙世界上最漂亮的手。（她微笑，臉色亮起來，感激地親他一下，他轉身對兒子說）傑米，走吧。你媽媽教訓得好，要工作就快動手。這大太陽會讓你流一身汗，可以消掉你肚子上那一圈肉。（他打開簾門，走到陽台，從樓梯走下樓。傑米也站起來，脫掉外衣，走向門口。到

門口又轉過身來，卻不敢看她，但是她並沒注意）

傑　米：（不安卻溫柔的口氣）媽媽，你表現很好，我們都很高興。（她一時呆住，用一種恐懼的防禦眼神盯著他，他繼續說）不過，你還是要保重。千萬不要爲了艾德蒙的病過分操心。他很快就會好起來的。

瑪　麗：（帶著一種倔強且怨恨的眼色）當然，他很快就會好起來。你什麼意思啊？爲什麼要提醒我，叫我保重。

傑　米：（一番好意全無效果，委屈，聳肩）好吧，媽媽，對不起！（他走出陽台。她僵硬地站著，看他從樓梯消失，然後跌坐在她常坐的椅子上，臉上露出恐懼又絕望的神色。手在桌上來回摸索，把桌上的東西移過來移過去。聽到艾德蒙走下樓，快步走到樓梯口，突然一陣咳嗽。她從椅子上跳起來，好像想躲避咳嗽的聲音。接著她跑到右邊的窗口，這時候，艾德蒙從前面會客室走進來，手裡拿著一本書。她轉向他，

臉上裝出慈母的微笑）

瑪　麗：原來你在這裡。我正想到樓上看你。

艾德蒙：我就等他們都出去才下來。不想捲入他們的戰爭。身體不太舒服。

瑪　麗：（埋怨）哎，你還好吧。你這孩子，就是要我們疼你、愛你、爲你操心。（匆忙補上一句）孩子，跟你開玩笑啦。我知道你不舒服。不過你今天看起來好多了，是不是？（煩惱地握著他的手臂），你就是太瘦了，要多休息。坐下來，你會舒服些。（他坐在搖椅上，她把一個枕頭擱在他背後）這樣，舒服嗎？

艾德蒙：這樣很好。謝謝您，媽媽。

瑪　麗：（親他，溫柔地說）你就是要媽媽這樣照顧你，都幾歲了，還是媽媽的小寶貝。

艾德蒙：（抓住她的手，嚴肅地說）不要擔心我，你自己多保重。一定要保重。

瑪　麗：（躲避他的眼光）我會保重，親愛的。（勉強笑）你沒看到我長胖了嗎？衣服都穿不下了。（轉過身，走到右邊的窗口。裝著一種輕鬆愉快的聲調）他們已經剪完樹籬了。可憐的傑米！他不喜歡在前面院子工作，因爲路過的鄰居都會看到他。咦！那不是查斐德家的人嗎？開著新買的賓士，好漂亮的車。不像我們，只有那輛破舊的二手車。可憐的傑米！他蹲下來躲在樹叢下，不讓查斐德一家人看到。他們對你父親鞠躬，他也對他們鞠躬，好像是應觀眾要求出來謝幕。他那套髒兮兮的舊衣服，我要他丟掉，他卻穿出去工作。（聲音帶著怒氣）說眞的，他應該要把自己打點得體面些，不該這樣獻醜。

艾德蒙：他才不理會人家怎麼想呢！這樣很好啊！傑米就是在乎查斐德那家人怎麼想，傻瓜！出了這個小鎭，外面有誰認識他們呀！

瑪　麗：（很滿意）不錯，艾德蒙，誰認識他們呀！充其量只是小池塘裡的大青蛙罷了。傑米眞傻。（停頓一下，向窗外看，然後帶著落寞的心情）說實在的，查斐德一家也稱得上是體面人家。他們有一棟體面的房子，有賓客往來，他們並不孤僻。（從窗口轉回頭）我並不想跟他們攀關係。其實我很討厭這個小鎮，也不喜歡鎮上的人。我也不想住這裡，但是你父親喜歡，他一定要蓋這個房子，我每年夏天總得回來一次。

艾德蒙：這裡總比在紐約住旅館好呀，不是嗎？其實這個小鎭也沒什麼不好。我倒是蠻喜歡這裡。大概是因爲只有這裡才像個家。

瑪　麗：像個家？我可沒這種感覺。你父親太小氣，不肯花錢把家裡打點得像樣一些。我們住這裡哪會有朋友？我不敢請朋友來家裡作客，他也不需要有朋友上門。他只喜歡交一些俱樂部或者酒吧的酒友。傑米和你也一樣，我不怪你們，因爲你們根本沒機會跟附近體面的人來往。要是你們能夠跟一些好人家的女兒做朋友，情況就會不同，你們就不會這樣鬼混。現在可好了，搞得惡名昭彰，好人家的父母都不讓他們的女兒接近你們兩兄弟。

艾德蒙：（煩躁）哎，媽媽，別說了！管他什麼好人家的女兒！傑米和我對她們一點兒興趣都沒有。還有，老頭兒的事，就不要再說了，他改不了啦。

瑪　麗：（責怪的口氣）不要叫你父親「老頭兒」。你要對他客氣些。（有些沮喪，情緒低落）我知道多談也沒有用。可是，有時候我覺得好寂寞。（嘴唇顫動，把頭轉開）

艾德蒙：其實，媽媽，我們說話要公道。起初或許是他的錯，但是後來你也知道，就算他想和鄰居來往，我們也不方便請客人到家裡來。（忽然覺得歉疚，支支吾吾）我是說你也不會想跟他們來往。

瑪　麗：（嘴唇顫動著）別說了，講這些我會難過。

艾德蒙：媽媽，不要難過！我只是想幫你。你不能忘了這件事啊！你要牢牢記住。想想之前發生多少事。（悲痛）天啊，媽媽，你知道我多麼不喜歡提這些事。你能夠回家，我們多麼高興啊！你可不能再有事啊！

瑪　麗：（痛苦至極）親愛的，別說了。我知道你沒有惡意，但是……（聲音又顯出不安，極力辯解）我不明白你爲什麼要說這些話。你腦子裡在想什麼？

艾德蒙：（躲避）沒想什麼。只是心情不大好，憂鬱吧！

瑪　麗：老實告訴我。你爲什麼突然疑神疑鬼？

艾德蒙：我沒有！

瑪　麗：我覺得你疑神疑鬼。你父親和傑米也是。特別是傑米。

艾德蒙：哎，別胡思亂想，媽媽。

瑪　麗：（手不安地擺動）你們都在留意我的動靜，沒人相信我，信任我，這種日子很難過。

艾德蒙：我們哪有啊！媽媽。我們當然相信你啊！

瑪　麗：要是能找個地方躲起來該有多好，一天就好，一個下午也行。有些好姊妹可以談談心，開開心心聊天就好。可以暫時忘記自己，那該多好。可是不能找佣人，那個卡士琳笨死了！

艾德蒙：（站起來，用手臂抱著她）好了，媽媽，不要激動，你又開始激動了。

瑪　麗：你父親可以出門找樂子。他喜歡去俱樂部、去酒吧，可以跟朋友說說笑笑。你和傑米也認識一些朋友。你們都會出去玩。我就沒人做伴了。我好孤單啊。

艾德蒙：（安慰她）不是這樣吧！我們都會有一個人在家陪你，還會有人陪你坐車兜風。

瑪　麗：（怨恨）你們陪我是怕我出事，不信任我，不讓我單獨一個人在家。（轉過頭來，大聲質問）告訴我，今天你爲什麼那麼反常，爲什麼要提醒我……

艾德蒙：（遲疑，然後歉疚地衝口而出）好吧，我說。你昨天晚上到我房間來，其實我並沒有睡著。我知道你沒有回你和爸爸的房間。你走進那個空房間，整晚待在那裡沒出來。

瑪　麗：我怕你父親打鼾啊，吵得我要瘋了！老天！我不是時常在那個房間睡嗎？（怨恨）我知道你在想什麼。

艾德蒙：（大聲說）我沒想什麼！

瑪　麗：原來你假裝睡著就是爲了監視我！

艾德蒙：不是啦！我會假裝睡著，是怕你發現我發燒會擔心，怕你晚上睡不著覺。

瑪　麗：昨晚大概連傑米也假裝睡著，你爸爸也……

艾德蒙：不要再說了，媽媽！

瑪　麗：我要瘋了，艾德蒙，什麼時候連你也……（手不安地移來移去，神經質地拍著頭髮。突然聲調有報復的口氣）如果我眞出事了，你們都活該！

艾德蒙：媽媽！不要這麼說！你這樣說，是不是已經……

瑪　麗：不要懷疑我，孩子！你讓我好傷心！我晚上睡不著覺都是因爲你，眞的！知道你生病以後，我一直很擔心。（溫柔地用手抱他，害怕，想保護他）

艾德蒙：（安慰她）傻瓜！我只是重感冒罷了。

瑪　麗：是啊！我知道。

艾德蒙：聽好，媽媽，你要答應我。我這次感冒也許會很嚴重，可是應該很快就會好。你不要擔心出病來，一定要多照顧自己。

瑪　麗：（驚慌）我不要聽你講這種傻氣的話！什麼叫會很嚴重？不過，我答應你，我會照顧自己。我發誓。（然後帶著傷感的激動聲調）算了！你又要說我以前也發過誓。

艾德蒙：是啊！發誓又怎樣？

瑪　麗：（激動消褪，無奈）不怪你，親愛的。你當然會擔心。我們怎麼忘得了呢？我們都不好過，因爲我們都忘不了。

艾德蒙：（抓住她的肩膀）媽媽！別講了！

瑪　麗：（勉強笑一笑）好吧，親愛的。我也不想難過啊！別理我。來，讓我摸摸你的頭。咦！很好，燒退了。

艾德蒙：別管我有沒有發燒！我要說的是你……

瑪　麗：我很好啊，親愛的。（迅速偷看他一眼，神情怪異）今天早上沒來由的覺得疲倦，有些神經質。應該是昨晚沒好好休息吧。我應該到樓上躺一會兒，好好打個盹，吃午飯時再起床。（他懷疑地看她一眼，然後，又覺得不應該，連忙把目光移開。她神經質地講下去）你今天打算做什麼？就待在家裡？怎麼不到外面呼吸新鮮空氣，晒晒太陽？這樣對你比較好。不過，記得，不要晒過頭。一定要戴個帽子。（停下來，直盯著他看。他躲開她的眼光。有一段緊張的沉默。然後她嘲弄他）你是不是不放心，不敢把我一個人留在家裡？

艾德蒙：（難過）不是啦！你不要這樣想！你也許應該去睡一下。（走到簾門處，裝出愉快的聲調）我想到樓下，替傑米加油打氣。我喜歡躺在樹蔭下看他工作。（不自然的笑一笑，媽媽也笑了。然後他走到陽台，走下樓。她馬上覺得如釋重負，放鬆地坐在桌子後面的一把籐椅裡，把頭靠在椅背上，閉上眼睛。突然，她又緊張起來，張開眼睛，緊張地坐直，一陣神經質的恐懼，她拼命掙扎。長長的手指因為風濕而彎曲，關節像長了許多結。她用手指敲著椅背，手指不聽指揮，緊張地不停扭動）

——幕落——

第二幕

第一景

時　間：當天中午約莫十二時三刻左右。

場　景：同前。

右邊窗口已經沒有陽光照進來了。外面仍然是晴朗的天氣，只是更熱了。空氣中漫著一層霧氣，刺眼的陽光因此顯得柔和些。艾德蒙坐在桌子左側的靠背椅上看書，努力想集中精神，卻無法專心。他緊張不安，豎起耳朵想聽聽樓上的動靜，氣色看起來比早上更差。女佣人卡士琳從後面的起居室進來，端著一個托盤，上面放著一瓶上等威士忌、幾個酒杯、一壺冰水。她是一個活潑健美的愛爾蘭農家女，二十來歲，有一張標緻的紅臉蛋，黑髮藍眼，善良憨厚的外表，透著一份固執的傻氣。她把托盤放在桌上，艾德蒙不理她，專心埋頭看書，她也不理會。

卡士琳：（親密的自顧自說話）威士忌來了。馬上要開飯了。要不要我下樓喊你父親和傑米少爺？還是你去？

艾德蒙：（仍然在看書，沒有抬頭）你去吧！

卡士琳：奇怪，你父親怎麼不瞧一瞧他的懷錶呢？他老是耽誤開飯的時間。白莉吉就只會罵我，好像是我的錯似的。不過，他雖然上了年紀，還是挺帥的。你就沒有他那麼帥，傑米少爺也沒有。（咯咯地笑）我敢打賭，要是傑米少爺自己有錶的話，該收工喝威士忌，他一定不會錯過時間。

艾德蒙：（再也不能不理她，露齒一笑）對啦！算你賭贏了。

卡士琳：再賭一個。你叫我去喊他們，一定是想趁沒人在這兒偷喝一杯。

艾德蒙：喔！這個我倒是沒有想到……

卡士琳：沒想到才怪！你貌似忠厚，其實一肚子鬼主意。騙不了我的。

第一景

艾德蒙：好吧！你都這麼說了……

卡士琳：（突然一本正經）我可不是在勸你喝酒喔！艾德蒙少爺。我老家的一個叔叔就是因爲喝酒送了命。（慈悲起來）不過，要是你心情不好，或是感冒的時候，偶爾喝一點倒也無妨。

艾德蒙：謝謝你給了我這麼好的藉口。（勉強裝出不在乎的神情）你也喊我媽媽一聲吧。

卡士琳：不必喊她啦！她從來不會錯過用餐時間。上帝祝福她。她挺體恤佣人的。

艾德蒙：她這會兒在房間打盹。

卡士琳：剛才我在樓上做完了家事，看她並沒有睡著，只是睜大眼睛躺在那間空房間。她說頭疼得厲害。

艾德蒙：（不在乎的神情顯得更不自然了）好吧，那就喊我父親好了。

卡士琳：（咕噥著走向紗門）這麼走來走去，難怪我兩隻腳每天夜裡就痛。大熱天，我才不想出去晒太陽，我怕會中暑。就在陽台上喊他。（推開紗門走到側面的陽台，紗門砰的一聲關上。她又走到前面陽台。過了一會兒，聽到她在喊）泰隆先生！傑米少爺！該收工吃飯了！（艾德蒙恐懼地直盯著前方，忘了書本，忽然神經緊張地站了起來）

艾德蒙：我的天，這個蠢ㄚ頭！（起身抓起瓶子倒酒，對上冰水喝了起來。這個時候，聽到有人從前門進來的聲音，他趕緊把杯子放在托盤上，又坐了下來，打開書本。傑米從前面會客室走進來，外衣搭在手臂上，一隻手拎著領帶，另一隻手拿著毛巾，一路擦額頭上的汗水。艾德蒙抬起頭來，好像別人打擾了他看書。傑米看了酒瓶和杯子一眼，帶著一股嘲弄的味道笑了）

傑　米：偷喝酒喔！別騙我了，小傢伙。你那一點演技哪能跟我比呢！

第一景

艾德蒙：（露齒一笑）是啊，剛才心情好就喝了一小杯。

傑　米：（又親密又憐愛地把一隻手擱在他肩上）你就老實說嘛！何必騙我呢？咱倆可是好哥兒們，不是嗎？

艾德蒙：我不知道走進來的人是你啦！

傑　米：我有叫老頭子注意時間。卡士琳扯著嗓門喊的時候，我已經收工要上來了。這一隻愛爾蘭雲雀，嗓門那麼大。她應該去當火車上的廣播員。

艾德蒙：我就是受不了她的大嗓門才要喝一杯，你也來一杯吧！

傑　米：正合我意呢！（快步走向右邊窗子）老頭兒和那個老船長特納在瞎扯。瞧！他們倆聊個沒完。（走回來，倒了一點酒）我得騙騙他那一對像老鷹一樣銳利的眼睛，他總是記得酒瓶裡還剩多少酒。（量了兩杯水倒進酒瓶子裡，搖一搖）你看！又是滿滿一瓶了。（倒了一杯水擺在艾德蒙旁邊桌子上）來，這一杯是你喝的水。

艾德蒙：太好了！這樣會騙得過他嗎？

傑　米：就算騙不過，他也拿不出證據來啊！（打上領帶）他喜歡和別人聊個沒完，可也不能忘了吃飯吧！我餓壞了。（在艾德蒙對面坐下來，生氣）所以我討厭在前面院子工作。不管哪一個該死的傻瓜經過他都要演一下。

艾德蒙：（悠悠地開口）你肚子會餓應該高興才對。我可沒有一點胃口。

傑　米：（投給他關懷的一瞥）聽著，小傢伙。我從來不在你面前說教，可是哈迪醫師的話也沒錯，你不能喝酒。

艾德蒙：等他下午把壞消息告訴我，我就不再喝了。現在喝一點沒關係。

傑　米：（猶豫了一下，緩緩地說）我很高興你有心理準備。下午要是聽到壞消息，你才不會受到太大的打擊。（抓著艾德蒙，看著他）兄弟，你是真的病了。你要接受，不要騙自己。

第一景

艾德蒙：（不安）我沒有騙自己。我身體眞的不舒服，晚上忽冷忽熱也不是好玩的。哈迪猜的應該沒錯，我又得了該死的瘧疾了。

傑　米：或許是，可是也不能太肯定。

艾德蒙：不能太肯定？那你認爲是什麼病？

傑　米：我怎麼知道，我又不是醫生。（突然）媽媽在哪兒？

艾德蒙：在樓上。

傑　米：（瞪眼看著他）她什麼時候上樓的？

艾德蒙：喔！大概在我下樓的時候。她說要去打個盹。

傑　米：你怎麼不早說呢？

艾德蒙：（辯解）我爲什麼要說？她累了嘛！昨晚沒睡好。

傑　米：我知道她沒睡好。（靜默不語。兩兄弟都避開對方的視線）

艾德蒙：那個該死的霧笛聲吵得我也睡不著。（又是靜默）

傑　米：她整個上午都是一個人在樓上，是吧？你沒有上樓去看看她嗎？

艾德蒙：沒有。我一直在這兒看書。我想讓她睡一會兒。

傑　米：她會下來吃飯嗎？

艾德蒙：當然會。

傑　米：（不以為然）不見得，她也許不吃飯了。也許她開始要自個兒在樓上用餐。事情又來了，是吧？

艾德蒙：（帶著恐懼的憤怒）夠了，傑米！你一定要把她想成這樣嗎？（肯定的口氣）你懷疑的完全不對。卡士琳剛才還看到她。媽媽並沒有說她不下來吃午飯。

傑　米：那她是沒睡著囉！

艾德蒙：她醒著，卡士琳說她只是躺著休息。

傑　米：在那個空房間？

艾德蒙：是啊。在那房間有什麼不對嗎？

傑　米：（大吼）你這該死的笨蛋！怎麼可以讓她在那個房間待那麼久？怎麼不看著她？

艾德蒙：因爲她抗議啊！抗議我，還有你，還有爸爸。她說我們監視她，不信任她。我知道我們這樣對她，她心裡一定很難過。她還發誓……

傑　米：（無奈）你應該知道她發誓是不算數的。

艾德蒙：這一次算數的！

傑　米：哪一次我們不是這麼想？（伸出手越過桌面，親密地抓住弟弟的手臂）聽我說，小傢伙。我知道你認爲我是個大壞蛋，什麼人我都不信任。

可是，你應該明白，她這種把戲我看的可比你多。你上中學以前，爸爸和我都不敢讓你知道這件事，其實我早就知道了，過了十多年我們才讓你知道。所以，她這個把戲騙不了我。今天早上我就一直在想，她昨天晚上看起來很詭異，她還以爲我們都睡著了呢。你現在卻告訴我，她把你支開，整個早上待在樓上那個房間。

艾德蒙：她沒有把我支開！你瘋了！

傑　米：（打圓場）好吧，小傢伙。不要和我吵架了，我也希望是我瘋了。這一陣子我原本很開心，還眞的相信這一次她……（頓住，望著前面會客室，壓著嗓子）她下樓來了。你罵的對，我是個多疑的傢伙。（他們又緊張、又期待、又恐懼。傑米咕噥著）該死！我剛才應該多喝一杯。

艾德蒙：我也該多喝一杯。（神經質地咳了起來。傑米帶著擔憂的神情看著他。

第一景

瑪麗從前面會客室進來。看起來和早上沒什麼兩樣，不過似乎不那麼緊張。可是，慢慢會注意到她的眼睛比平常亮一些，聲音和舉止有一種奇怪的恍惚，似乎有點不能控制）

瑪　麗：（憂慮地走向艾德蒙，手臂環抱著他）你不能這樣咳，對喉嚨不好。你感冒那麼嚴重，可別再來個喉嚨痛。（親他，他停止咳嗽，擔心地瞥了她一眼，卻不忍對她有疑心，情願往好處想。另一方面，傑米仔細看了她一眼，就知道他的猜疑完全正確。他兩眼看著地板，臉上是痛心、嘲弄的表情。瑪麗半靠在艾德蒙坐的椅子扶手上，手臂環抱著他，臉就在他背後上方，所以他看不到她的眼睛。她繼續說）我老是叫你不能這樣、不許那樣。原諒我，親愛的。你可要好好照顧自己。

艾德蒙：我會的，媽媽。你覺得精神好些了嗎？

瑪　麗：好多了。早上你出去我就躺到現在。昨晚一夜沒睡安穩，需要補個眠。

現在精神好多了。

艾德蒙：那很好。（拍拍她擱在他肩上的手。傑米不以為然的瞪了他一眼，懷疑弟弟沒說真話。艾德蒙沒察覺，母親卻注意到了）

瑪　麗：（不自然的揶揄口氣）老天！傑米，你怎麼愁眉苦臉？又怎麼啦？

傑　米：（不看她）沒事。

瑪　麗：哦，我忘了，你早上在前面院子工作，也許不太開心，是吧？

艾德蒙：你要這麼想也行，媽媽。

瑪　麗：你就是這樣，像個大孩子。艾德蒙，你是不是也這麼覺得呢？

艾德蒙：是啊！他是個傻瓜，工作就工作，還怕丟臉啊！

瑪　麗：（不自在）是啊，你就不要理會別人嘛。（迎過傑米投給她嚴厲的一瞥，換話題）你父親呢？我剛才聽到卡士琳在喊他。

第一景

艾德蒙：傑米說他和老船長特納在瞎扯，恐怕又要讓我們等他吃飯了。（傑米站起來，走到右邊窗口，樂於有個藉口躲開）

瑪　麗：我再三交代卡士琳，要到他跟前去叫他回來吃飯。老是在樓上這麼大喊大叫，好像我們家是個廉價的宿舍。

傑　米：（望著窗外）她現在不就在樓下嗎？（嘲諷）你瞧，爸爸那名揚四海的「美妙聲音」還眞被她給打斷了，她實在該客氣點。

瑪　麗：（生氣，對他的憤怒全部發洩出來）你才該客氣點！不許再嘲笑你父親！有他這樣的父親，你應該覺得很驕傲才是。他或許有一些小毛病，可是，誰沒有呢？他年輕的時候一無所有，在劇團從基層學起，努力奮鬥成爲舞台劇明星。別人都佩服他呢！幸虧有他，你一輩子沒吃過苦。你最不應該嘲笑他了。（傑米被數落了一頓，轉過頭不滿地看著她。她不安地閃過他的目光，語氣開始緩和下來）別忘了，你父親也上了年紀了，傑米。你真的應該多體諒他。

傑　米：我應該體諒他？

艾德蒙：（不安）算了吧，傑米！（傑米又望著窗外）媽媽，你也不要再說了，怎麼突然罵起傑米來了？

瑪　麗：（怨恨的口氣）他總是嘲笑別人，踩別人的痛處。（然後突然又好像不怨了）我想這是他的命吧，他也無可奈何。沒有人能對抗命啊！該來的一定會來，你怎麼阻擋都沒用，命運就是不會讓你那麼好過。由不得你的。（艾德蒙因她的異樣而憂心，想抬頭看她的眼睛，可是她卻閃開了。傑米轉向她，又很快的轉頭望著窗外）

傑　米：（無精打采）我餓壞了。老頭兒怎麼還在瞎扯呀！他不該讓我們大家等著他開飯。到時候飯菜涼了，變了味，他又要發牢騷。真受不了他！

瑪　麗：（裝出生氣的樣子，其實並不在乎）是啊，真要命。傑米，你命好，不知道當家有多難。你不必跟這些夏天來打工的佣人打交道。他們知道是臨時工，也就馬馬虎虎應付了事。眞正好的佣人會去像樣的人家，不會來我們家做臨時工。再說，你父親也不肯多花錢僱用好的佣人。所以，我每年夏天都得跟這些人打交道。他們又笨、又懶、又不會做家事。這件事我跟你父親講了多少次了，他就是不當一回事。他認爲花錢打點一個家很浪費，因爲他大半時間都住在旅館。當然，都是小旅館，不是什麼像樣的旅館。他根本不知道家庭生活能有什麼樂趣，也不知道一個家應該讓家人住得舒適自在。可是，他還是想要有個家。有這麼一個簡陋的房子，他就很滿足了。他喜歡這個房子，喜歡這個地方。（笑了，失望卻有趣的笑）想想眞好笑，他還眞是個奇怪的人。

艾德蒙：（不安地想看她的眼睛）你怎麼又提這件事呢？媽媽。

瑪　麗：（裝作若無其事，拍他的臉頰）啊，親愛的。我又說傻話了。（這時候，卡士琳從後面會客室走進來）

卡士琳：（自顧說話）夫人，午餐準備好了。我依您的吩咐下樓去叫泰隆先生，他說他馬上就來，可還是和那個人聊個沒完，講他當年……

瑪　麗：（冷淡）好了，卡士琳。快去吩咐白莉吉，還得讓她再等幾分鐘，等老爺進來再開飯。（卡士琳低應了一聲：「好的，夫人。」就咕噥著從後面會客室走出去）

傑　米：還要等他？你怎麼不吩咐開飯呢？爸爸不是說我們不用等他嗎？

瑪　麗：（覺得兒子的話有趣，微微一笑，淡淡的說）那可不行，你還不了解你父親嗎？不等他吃飯他會不高興的。

艾德蒙：（跳起來，好像樂得有藉口離開）我來叫他快回來吧。（他走到側面陽台。過了一會兒聽到他在陽台上直著嗓子吼著）嗨！爸爸！快進來！

第一景

我們不能老是等著你哪！（瑪麗從椅子的扶手上站起來。雙手不停的在桌面上擺動，眼睛雖然沒有看著傑米，卻察覺到他正以嘲弄、忖度的眼神盯著她的臉和手）

瑪　麗：（緊張）幹嘛這麼瞪著我？

傑　米：你心裡明白。（他又轉向窗子）

瑪　麗：我不明白。

傑　米：哦！老天！你以爲你騙得了我嗎？媽媽。我眼睛可沒瞎呢！

瑪　麗：（正視他，臉上是茫然的、死不承認的表情）我不知道你在說什麼。

傑　米：你不知道？照照鏡子，看看你的眼睛！

艾德蒙：（從陽台上走進來）爸爸上來了。他馬上就到。（看看兩人，他母親不安地避開他的視線）怎麼回事？怎麼啦？媽媽。

瑪　麗：（看到他進來，她慌了，不由得羞愧、緊張）你哥哥眞不應該。他拐彎抹角、沒頭沒腦就責怪我。

艾德蒙：（轉向傑米）你這該死的渾蛋！（兇惡地向他逼近一步。傑米聳肩，轉身看著窗外）

瑪　麗：（更慌亂、激動地抓著艾德蒙的手臂）別說了。你好大的膽子，竟敢在我面前罵你哥哥！（突然，她的音調和態度又變成剛才那種無所謂的樣子）不能怪你哥哥。他今天會這樣，也是過去造成的。他也無可奈何。你父親、你、還有我也都掙脫不了過去。我們都無可奈何。

艾德蒙：（驚嚇，存著一絲希望）他胡說！沒有這事兒，是不是？媽媽！

瑪　麗：（眼睛躲開）沒有哪事兒？你又像傑米一樣在打啞謎了。（看他那責備又受傷的眼神，她結結巴巴大聲說）艾德蒙！別這樣！（移開視線，馬上又恢復異常的、若無其事的態度，平靜地說）你父親上來了。我

第一景

得去吩咐白莉吉開飯。（走向後面會客室。艾德蒙慢慢移步走向椅子，看起來蒼白、絕望）

傑　米：（站在窗前，並不回頭）怎麼樣？你看呢？

艾德蒙：（在哥哥面前仍然不肯面對真相，軟弱地回他）你胡說八道。（傑米聳肩——前面陽台的紗門關上的聲音。艾德蒙沒好氣地說）爸爸來了。希望他開瓶酒來喝，大家輕鬆一下。（詹姆斯從前面會客室進來，邊走邊穿上外套）

詹姆斯：不好意思，讓你們等我吃飯。特納船長路過，找我說說話，可是他話匣子一開我就走不了。

傑　米：（頭也不回，冷冷地）是你話匣子一開他就走不了吧？（父親厭惡地看他，走向桌旁，掃了酒瓶一眼。傑米沒有轉身就察覺到了）別擔心，瓶裡的酒一滴都沒少呢！

詹姆斯：無所謂啦！（沒好氣地說）只要你在家，酒瓶裡的酒一定會少。我知道你玩什麼把戲啦。

艾德蒙：（無精打采）我有沒有聽錯？你是說，你無所謂？那，我們是不是可以喝一杯呢？

詹姆斯：（對著他皺眉）傑米辛苦了一個早上，當然可以喝個痛快。至於你呢，還是不要喝酒吧！哈迪醫師說……

艾德蒙：去他的哈迪！喝一點酒不會要了我的命啦。我感覺……

詹姆斯：（憂慮地看著他，假裝開心）那就過來吧。我喜歡在飯前來點好威士忌，喝一小杯開開胃，可以提神又強身。（他父親把酒瓶遞給他，艾德蒙站起來，倒了一大杯。詹姆斯警告地皺眉）你還是喝一小杯就好。（自己倒了一杯，把瓶子遞給傑米，嘀咕著）你啊，叫你少喝些，大概也是白費力氣。（傑米不理會他的暗示，倒了一大杯。他

第一景

父親面露不悅之色，索性不理會，又恢復開心的樣子，舉起酒杯）喝吧！祝大家健康、快樂！（艾德蒙大笑）

艾德蒙：愛說笑！

詹姆斯：什麼愛說笑？

艾德蒙：沒事。喝酒。（齊喝酒）

詹姆斯：（意識到特別的氣氛）到底怎麼回事？我感覺空氣中有一股濃得化不開的陰霾。（憤怒地對著傑米）你酒也喝到了，還要怎樣？為什麼裝出一付苦瓜臉？

傑　米：（聳肩）一會兒你就知道，肯定快樂不起來。

艾德蒙：住嘴，傑米。

詹姆斯：（不自在，換話題）可以開飯了吧？我餓死了。你母親呢？

瑪　麗：（從後面會客室回來，喊著）在這兒啦。（走進來，興奮、忸捏，說話的時候眼睛到處看，卻不看他們的臉）我得安撫白莉吉，她等你吃飯等太久，在鬧脾氣。也不能怪她，她說午餐在烤爐裡放太久了，恐怕會烤焦。她還說，這也是沒辦法的事，你不喜歡就別吃。（越說越興奮）我們這還像個家嗎？你根本不知道怎麼安頓一個家！其實，當初我們結婚你就沒想要有個家！你應該當王老五才是。住小旅館，和朋友在酒吧鬼混！（她一直說下去，彷彿在自言自語，不是對她丈夫說的）那樣豈不更好？（他們瞪著她。詹姆斯明白了。他突然看起來像個疲倦、哀傷的老頭子。艾德蒙看著父親，知道他明白了，可是他還是不由得想警告母親）

艾德蒙：媽媽！別說了。我們進去吃飯吧！

瑪　麗：（吃驚，馬上又擺出若無其事的神情，帶著自嘲的微笑）好。你父親

第一景

和傑米也應該餓了，我就不要翻這些舊帳了。（手臂環抱著艾德蒙的肩，帶著憐愛，卻又不真切的關懷）我希望你有好胃口，親愛的。你一定要多吃一點。（看到他身旁桌上的酒杯，尖叫）怎麼有個杯子呢？你喝酒了？你難道不知道喝酒會要你的命嗎？（轉頭對詹姆斯）都怪你，詹姆斯。怎麼可以讓他喝酒呢？想要他的命不成？你忘了我父親是怎麼死的嗎？當年他生病了還喝酒，說什麼醫生都是傻瓜！他還相信威士忌有益健康呢！（眼中現出驚恐的神色，結結巴巴）啊，不提我父親啦！原諒我這樣罵你，詹姆斯。喝一小杯也許能刺激食慾，對艾德蒙有好處。（開玩笑地拍艾德蒙的臉，又顯出奇怪的、與她不相干的態度。他把頭甩開。她似乎沒有察覺到，逕自走開）

傑　米：（粗暴地，想掩飾他的緊張情緒）看上帝的份上，吃飯去吧。我在院子的籬笆底下，踩著該死的泥巴做了一個早上的苦工，總該有口飯吃吧！（不瞧他母親，繞到他父親後面，抓著艾德蒙的肩膀）走吧，小傢伙。填肚子去吧。（艾德蒙起身，眼睛一直避開他的母親。兩人打她身旁過去，走向後面會客室）

詹姆斯：（無精打彩）孩子，你們陪媽媽進去吧。我馬上就來。（兩個兒子並沒有等她，自顧自走進去。她無奈又傷心地望著他們的背影，等他們進了後面會客室，才移步跟上去。詹姆斯以悲傷卻也責備的眼神望著她。她感覺到他的眼神，敏捷地避開了）

瑪　麗：幹嘛這樣瞪著我？（慌亂地舉起手攏攏頭髮）是不是頭髮掉下來了？昨晚沒睡好，早上吃過早飯就上樓去小睡了一下。現在精神好的很。我記得剛才醒來的時候有整理頭髮。（勉強一笑）不過還是找不到眼鏡。（大聲喊）別再這樣瞪著我了！你好像在怪我。（轉為哀求）詹姆斯，你不明白！

第二景

詹姆斯：（非常生氣）我明白。我不該相信你。我是個大傻瓜！（從她身邊走開，倒了一大杯酒）

瑪　麗：（臉上是堅決不認錯的表情）你嘴裏說相信我，可是我感覺你並不相信我。你們都在監視我、懷疑我。（責備）你怎麼又喝第二杯呢？你一向不是飯前只喝一杯嗎？。（痛苦）看樣子，今晚你又要醉了。反正不是第一次，恐怕有上千次了吧？（突然懇求）哦！詹姆斯，求求你！你不了解！我好擔心艾德蒙！我好害怕他會……

詹姆斯：我不想聽你的藉口，瑪麗。

瑪　麗：（傷心）藉口？你居然連這一點都不相信我！你千萬不要以爲我又開始怎樣了！詹姆斯。（又是那種奇怪的，若無其事的態度）走，進去吃飯吧，親愛的。我沒胃口，不過，我知道你一定餓了。（他像個老人慢慢走向她，她站在門口。等他走到她身邊時，她神情可憐、哀聲說）詹姆斯，我努力過了！我努力過了！你一定要相信我！

詹姆斯：（不由自主受感動，卻又無奈）我相信你一定努力過了，瑪麗。（哀傷）看在上帝的份上，你怎麼不堅強一點，繼續加油呢？

瑪　麗：（臉上又擺出堅決不承認的神情）我不知道你在說什麼。我要繼續加什麼油？

詹姆斯：（絕望）算了，一切都是徒然。（他提起腳步，她跟在他身邊，兩人走進後面會客室）

——**幕落**——

第二景

時　間：大約半小時後。

場　景：同前。

桌上擺酒瓶的盤子已經收走了。一家人剛用完午餐。瑪麗從後面會客室走出來，後面跟著她丈夫。兩人並沒有像第一幕那樣親熱的走在一起。他沒有正面看她，臉上還露出責備的神情，顯得衰老、疲憊、無奈。兩兄弟緊跟在後。傑米臉上一副不在乎的表情。艾德蒙也想裝作不在乎，卻做不到。他看起來身心疲憊又衰弱。

瑪麗顯得緊張不安，彷彿和大家同桌吃頓飯讓她受不了。可是，她又裝出一副若無其事的表情，也不理會家人的焦慮不安。

走進起居室時，她若無其事地閒話家常，根本不管別人有沒有在聽。

她走到桌子左邊，面向前方，一隻手摸摸胸前的衣服，另一隻手在桌面上移動。詹姆斯點上一枝雪茄，走向紗門，向窗外凝望。傑米從後面書架上層拿下一只菸草罐，裝上煙斗，點上菸走向右邊窗口向外望。艾德蒙背著母親坐在桌旁的椅子上，不想正面看她。

瑪　麗：這個白莉吉，罵她也沒用，總是把我的話當耳邊風。我又不能太說她，免得她賭氣不幹了。偶爾她也會認眞做菜，可偏偏每次她認眞做，你就晚回來吃飯。爲了等你開飯，她就鬧脾氣。不過，不管她認眞不認眞，端出來的菜好像沒多大差別。（勉強開心地輕聲一笑，一副若無其事的樣子）不要緊，反正夏天就要過去了，感謝老天爺。你的演出季節又要開始了，我們可以回到小旅館去住，要不就是坐著火車到處跑。我雖然不喜歡這樣過日子，可我知道這裡到底不是家，不必太操心家務事。要求白莉吉和卡士琳把這裡當個家來張羅，也沒什麼道

第二景

理。大家都知道，這本來就不是個家，永遠不是。

詹姆斯：（頭也不回，惱怒）不是個家，不可能像家了。可是，以前是啊！以前你……

瑪　麗：（否認的表情）以前我怎樣？（一片死寂——若無其事地繼續說）沒這回事，親愛的。這裡本來就不是個家。你寧可待在俱樂部或酒吧。這個屋子冷冷清清，感覺像住在小旅館的破房間。真正的家不該這麼冷清。你忘了嗎？我小時候就享受過家的溫暖。我離開我父親那溫暖的家，嫁給你。（忽然，她想到了什麼，轉向艾德蒙，態度變得關心，卻仍然若無其事）我擔心你，艾德蒙。你沒有好好吃飯，這樣會糟蹋自己的身體。我沒胃口也就算了，因爲我太胖了。可是，你不能不吃。（以母親哄小孩的態度）答應我，要好好吃飯，乖。

艾德蒙：（沒好氣）我答應妳，媽媽。

瑪　麗：（拍拍他的臉頰，他勉強忍受，沒有閃躲）這才是我的好孩子。（又是一片死寂。接著，前面走道電話鈴響了起來，他們都驚慌得呆住了）

詹姆斯：（動作迅速）我來接。麥克蓋利約好了要給我電話。（經過前面會客室走出去）

瑪　麗：（冷漠）麥克蓋利。一定是哪一塊地沒人要，想賣給你父親。你父親有能力買那麼多地，卻不肯給我們一個像樣的家。（詹姆斯在客廳說話，她停下來聽）

詹姆斯：喂！（勉強裝出開心的樣子）啊，你好，醫生嗎？（傑米從窗邊轉過身來。瑪麗的手指頭在桌面上移動。從詹姆斯的聲音聽得出來，他想隱瞞壞消息）我明白了……（聲音急促）好吧，今天下午他會去找你，你自己告訴他吧！是的，他一定會去。四點鐘。我會先去和你談談。反正我有事得進城去。再見，醫生。

艾德蒙：（懶洋洋）聽起來不會是好消息。（傑米憐惜地看他一眼，然後望向窗外。瑪麗面露驚恐的神色，雙手慌亂地擺動。詹姆斯走進來，對艾德蒙說話，裝作若無其事，卻掩不住緊張）

詹姆斯：是哈迪醫師打來的電話。他要你四點鐘一定要去找他。

艾德蒙：（懶懶地）他說什麼？其實，他說什麼都無所謂了。

瑪　麗：（激動地大叫）就算他發了重誓，我也不相信他的話。你別聽他胡說八道，艾德蒙。

詹姆斯：（厲聲叫）瑪麗！

瑪　麗：（更激動）喔，我們都知道你爲什麼喜歡他，詹姆斯！還不就是因爲他收費便宜！這個哈迪，我清楚得很。他根本就是誤人的庸醫！政府應該立法禁止這種庸醫才是。他沒有一點本事，只會在你痛苦的時候，握著你的手，講一堆大道理！（在回憶中，露出極度痛苦的表情。此時她完全失去理智，痛恨地說）他千方百計侮辱你！讓你向他乞憐、哀求！把你當罪犯對待！天啊，就是他這個庸醫給你的藥……你不知道那是什麼藥，等你知道的時候已經來不及了！（情緒激動）我恨醫生！他們千方百計讓你不斷上門。他們出賣自己的靈魂！還出賣你的靈魂，可是你卻渾然不知。還得等到有一天發現自己已經一腳踩進地獄了，才明白是怎麼一回事！

艾德蒙：媽媽！看在上帝的份上，別再說了。

詹姆斯：（受打擊，震驚）是啊，瑪麗，這個節骨眼，你就不要再說了。

瑪　麗：（突然陷入罪惡感，困惑、不安、結結巴巴）啊，原諒我，親愛的。你講的沒錯。現在生氣也無濟於事。（又是一陣死寂。她再開口的時候，臉上顯得正常、平靜，聲音和態度都像沒事一樣）對不起，我想到樓上一會兒，去梳頭。（微笑，繼續說）一會兒就下來。

詹姆斯：（她走過門口的時候，以請求、責怪的語氣叫她）瑪麗！

瑪　麗：（平靜地轉身看著他）什麼事？親愛的。

詹姆斯：（無助）沒事。

瑪　麗：（帶著奇特的嘲弄的微笑）你要是這麼疑神疑鬼，可以上樓監看我啊！

詹姆斯：我監看有用嗎？能阻止妳嗎？我不是看守你的獄卒。這裡是家，不是牢房。

瑪　麗：對，不是牢房。我知道你就是把這兒當個家。（馬上又帶著若無其事的歉意繼續說）抱歉，親愛的，我不該這樣講。不是你的錯。（轉身走進後面會客室。房間裡的三個人都沒有開口，只是靜靜地等她上樓）

傑　米：（無情的嘲諷）手臂上又要挨一針了。

艾德蒙：（生氣）住嘴，不要講這種話。

詹姆斯：閉上你的狗嘴！不要學那些演戲的傢伙，講這種刻薄的話！你難道不會心疼，也不懂禮貌嗎？（大發雷霆）我應該一腳把你踢出去！我要是眞把你踢出去，是誰會哭哭啼啼的替你求情，維護你？還會埋怨我，要我讓你回來。還不是你媽媽！

傑　米：（臉上掠過痛苦的表情）上帝，我難道不明白這些嗎？我不心疼？你不知道我有多心疼！我知道她在樓上要打一場艱苦的仗，那種痛苦不是你我能承受的！雖然我講話比較難聽，可我不是麻木不仁！你們也知道她又開始吸毒，我只不過是把它說破而已。（痛苦地說）幾次送她去戒毒根本沒有一點用處，效果只是短暫的。根本戒不了！我們是笨蛋，居然還抱著希望。（嘲弄）不會回頭了！

艾德蒙：（模仿哥哥嘲弄的口氣）不會回頭了，一切已成定局。我們的期盼原來是一場騙局。我們都是笨蛋，太容易上當了。到最後我們終歸不敵毒品。（輕蔑）上帝，要是我也和你一樣想……！

傑　米：（感覺受傷，楞了一下，聳肩，冷淡地說）難道你不是這樣想？你寫的詩憂鬱得化不開。你看的書，還有你認同的見解也不健康。（指著後面的小書櫥）比如說你最喜歡的那個作家，名字叫起來很難念的那個……

艾德蒙：尼采。你不要胡說，你又不看他的書。

傑　米：他的書不用看就知道是一堆廢話！

詹姆斯：你們兩個都給我閉嘴！你們腦袋那些東西是半斤八兩。一個是跟一票不成材的小演員鬼混，一個嘛，盡看那些灰色思想的書，能學到什麼？從小我就教你們信奉主的眞理，你們卻不理會。就想毀滅自己。（兩人都鄙視地瞪著他，忘了彼此之間的爭吵，聯合一致對他的話表示抗議）

艾德蒙：沒有這回事，爸爸！

傑　米：我們至少不會裝模作樣。（刻薄地挖苦他）我們可沒看你上過教堂，也沒看你在上帝面前虔誠地禱告。

詹姆斯：我承認我不常上教堂，不是上帝虔誠的門徒。上帝原諒我。但是我還是有信仰！（忿怒）每天早晚我都有跪下來禱告！

艾德蒙：（刻薄辛辣地說）你有替媽媽禱告嗎？

詹姆斯：當然！這許多年我都有替她禱告。

艾德蒙：那麼尼采說得對。（他從尼采的《查拉圖斯特拉如是說》引用一句話）

「**上帝已死：上帝因為憐憫世人而死。**」

詹姆斯：（不理會艾德蒙的話）要是你母親有禱告就好了，她雖然沒有背棄教會，但是她已經忘記信仰了。現在她已經沒有多少勇氣，可以抵抗降臨在她身上的災禍了。（接著不耐煩地說）講這些有什麼用呢？我們早就接受這個事實了，情況就是這樣，沒法可想了。（痛苦）這一次她不該又讓我抱著希望。我發誓，這一次我死心了！

艾德蒙：不要這麼說，爸爸！（安慰自己）我還是不死心！她只是剛開始，還沒有成癮，可以戒掉。我來和她談談。

傑　米：（聳肩）你能和她談什麼？她聽了等於沒聽，人在這兒心神卻不在。這種情形你是知道的。

詹姆斯：是啊，她注射了毒品就是這樣。以後她每天都會像這樣，心神都離開我們。每天就這樣從黑夜到白天……

艾德蒙：（痛心）別講了，爸爸！（從椅子上跳起來）我要去換衣服了。（怨恨地說）我要故意弄出聲音，不能不聲不響地上樓。免得她懷疑我是去監視她的。（他走過前面會客室上樓去，只聽到樓梯咚咚作響）

傑　米：（過了一會兒）哈迪醫師說小傢伙怎麼了？

詹姆斯：（淡淡地說）就是你想的。肺結核。

傑　米：該死！

詹姆斯：他說肯定是了。

傑　米：那小弟就一定要住進療養院了。

詹姆斯：是啊，哈迪說，越快越好，這樣對他自己或是家人都比較好。他還說要是艾德蒙能遵照他的吩咐接受治療，半年，頂多一年半就會痊癒。（他嘆口氣，憤怒）壓根兒沒想到我的孩子會……這不是我家的遺傳。我的祖先個個都有強壯的肺。

傑　米：誰管你祖先。哈迪要他到那兒去療養？

詹姆斯：我要找他商量。

傑　米：看老天爺份上，找一個好的療養院，別叫他去便宜的爛地方。

第二景

詹姆斯：（這話一針見血把他刺傷了）哈迪說哪兒好，我就讓他去哪兒！

傑　米：那你就別在哈迪面前叫窮。別說什麼你要繳好多稅金，又欠銀行好多錢這種話。

詹姆斯：我可不是經得起揮霍的大富翁，爲什麼不能把實話告訴哈迪？

傑　米：你說這些話，不就是告訴他你要找便宜的療養院嗎？他遲早會知道其實你並不窮。也許哪一天他聽說你見了麥克蓋利，還讓那個專門說好聽話騙人的奸商，拿一塊不值錢的地敲你一筆銀子。

詹姆斯：（憤怒極了）別管我的閒事！

傑　米：你的閒事可是艾德蒙的大事。我擔心的是，你也像那些愛爾蘭窮鄉巴佬一樣，認爲肺結核是絕症。因此你盤算著，不過就是盡人事聽天命罷了，不必費心張羅，免得白白浪費你的錢。

詹姆斯：你胡說！

傑　米：好吧，那就證明我胡說吧！說了這麼多，我就是要你證明給我看。

詹姆斯：（憤怒）我多麼希望艾德蒙的病會好起來。你也別再拿話來侮辱你的愛爾蘭祖先！你臉上就好像畫著愛爾蘭地圖，明白寫著你是愛爾蘭子孫，你沒資格譏笑愛爾蘭人！

傑　米：洗把臉地圖就不見了。（不等他父親對他這句侮辱「老家」愛爾蘭的話有所反應，就聳聳肩，輕描淡寫地補上一句）該說的話我都說完了，要怎麼做，隨便你！（突然換話題）你要進城去，下午要派什麼工作給我？樹籬我已經修剪得差不多了，就等你最後再修一下。你該不會讓我拿你的剪刀去修剪吧？

詹姆斯：當然不會。你會把它剪得亂七八糟。什麼事到你手上都會搞得亂七八糟。

傑　米：那我還是陪艾德蒙進城吧！現在媽媽發生這種事，在這個節骨眼，要是再聽到壞消息，他會承受不住的。

詹姆斯：（忘記爭吵的事）好吧，陪他去，傑米。最好能幫他打打氣。（挖苦他一句）不過，可別拿這事兒當藉口去喝酒喔！

傑　米：我拿什麼買酒？要喝酒還得拿錢買呢！（他移步向前面會客室門口走去）我去換衣服。（到門口，見其母從走道過來，停下腳步側身讓她進來。她兩眼更亮，舉止更恍惚。這場戲進行當中，她這種改變越來越明顯）

瑪　麗：（茫然）你沒看到我的眼鏡吧，傑米？（眼睛不看他，他也望著別的地方，不理會她的問話，她並沒有要他回答。她向前走，問她丈夫，眼睛也不看他）你有看到嗎？詹姆斯。（傑米經過前面會客室，在她身後消失）

詹姆斯：（轉身向紗門外望著）沒看到，瑪麗。

瑪　麗：傑米怎麼啦？你又數落他了？你不該瞧不起他。不是他的錯。要是有個像樣的家庭可以好好教養孩子，我相信他會不一樣。（走到右邊窗口，狀似輕鬆）你的氣象預測不大準確，親愛的。你看屋外的霧越來越濃。就要看不到對岸了。

詹姆斯：（勉強裝出自然的口氣）是啊，我的預測不大準確。今晚只怕又是個霧茫茫的夜晚。

瑪　麗：哦！管他今晚霧茫茫。

詹姆斯：是啊，今晚妳不必擔心霧茫茫了，瑪麗。

瑪　麗：（投給他一瞥，停頓片刻）沒看到傑米去修剪樹籬。他人呢？

詹姆斯：他要陪艾德蒙去看醫生。上樓換衣服去了。（樂於有藉口走開）我也得換衣服去，約了人在俱樂部碰面，恐怕要遲了。（移步走向前面會客室門口，她突然走過來，迅速抓住他的手臂）

第二景

瑪　麗：（懇求）先別走，親愛的。不要留我自個兒在這兒。（急促地懇求）反正你時間多得很。你不是說你換衣服的速度比兩個孩子快十倍嗎？（茫然）我有話跟你說。啊，又忘了。對了，傑米要進城去，眞好！不過，你可不要給他錢。

詹姆斯：我沒給他錢。

瑪　麗：他會拿去買酒喝。他一喝酒，說話就好惡毒。我是不在乎他今晚會說什麼話，可是，他總愛故意惹你生氣。尤其今晚你一定也會喝醉才回家，他就更愛惹你。

詹姆斯：（氣憤）才不會。我沒有喝醉過。

瑪　麗：（若無其事地逗他）是啊！你即便是醉了，還是會裝出清醒的樣子，別人很難看得出來。可是結婚三十五年了……

詹姆斯：我這輩子從來沒有因爲喝酒耽誤過一場表演。（怨恨）就算我喝醉了，也輪不到你來囉嗦。我比誰都有理由喝個大醉。

瑪　麗：理由？什麼理由？你到俱樂部去，就猛灌威士忌，不是嗎？要是碰到麥克蓋利，那就更不得了。他非要把你灌醉才肯罷休。不是我愛說你，親愛的。好吧，你愛怎樣就怎樣，我無所謂。

詹姆斯：我知道妳無所謂。（急欲脫逃，轉身走向前面會客室）我得換衣服去。

瑪　麗：（再次猛然緊抓住他的手臂，懇求他）別走，求你再待一會兒，親愛的。等孩子下來再走。你們又要撇下我孤孤單單一個人。

詹姆斯：（痛心）是你撇下我們，瑪麗。

瑪　麗：說什麼傻話，詹姆斯。我怎麼會撇下你們呢？我能去哪兒？我能去找誰？我沒有朋友啊！

詹姆斯：怪你自己啊！（停住、無奈地嘆了一口氣，哄著她）下午你倒是有件事可以做，對你會有好處，瑪麗。坐車去兜風吧！不要把自己關在屋子裡，出去晒晒太陽，呼吸新鮮空氣。（難過）我買車就是爲了你。你也知道，我並不喜歡那玩意兒。我寧可步行，或是搭電車。（越說越氣憤）知道你要從療養院回來，我就先爲你買了車。原本希望你會喜歡。以前你天天坐車出去兜風，最近怎麼就不出去了呢？我還替你請司機，管吃、管住，還要付他不少工錢。就算你不用車，我還是得花這些錢，這不是浪費嗎？（聲色俱厲）這樣浪費下去，老了只好去住救濟院！倒不如把這些錢從窗口扔出去。

瑪　麗：（若無其事的平靜）是啊，這些錢是白花了，詹姆斯。你不該買別人的二手車。你又上了一次當。你就是愛貪便宜買二手貨，老是會上當。

詹姆斯：這部車可是最好的品牌呢！大家都說它比新車還要好！

瑪　麗：（不理會他的辯解）僱用司機斯麥士也是浪費，他只不過是修車廠的助手，根本沒當過司機。哦，我知道他的工資一定比較便宜。可是，每回車子送修，他只要在報帳單上動些手腳，就可以賺更多，到頭來你還得花更多錢。車子老是出毛病，恐怕是他搞的鬼。

詹姆斯：我不信！他雖然不像大戶人家的僕人，會講好聽的話討好主人，人倒也老實！你和傑米一樣壞，就愛懷疑別人！

瑪　麗：別生氣，親愛的。當初你爲我買車，我並沒有不高興啊！我知道你不是存心買二手車讓我丟臉。你是爲了省錢，才會買舊車。其實我很感激，很感動。我也知道，要你花錢買車可不是容易的事。這就足夠證明你有多麼愛我了。更何況，當時你還不知道車子對我是不是眞有好處呢。

詹姆斯：瑪麗！（突然憐愛地緊抱著她，心碎）親愛的瑪麗！爲了對上帝的愛，爲了我，爲了兩個孩子，爲你自己，你就不能戒掉嗎？

瑪　麗：（一時覺得罪過，不知所措，結結巴巴）我……詹姆斯，求求你！（馬上又露出不屈服的神情）你說什麼？（他的手臂無力地垂下來。她本能地伸手抱住他）詹姆斯！我們彼此相愛！我們要永遠相愛！只要記住這一點，無法明白的事我們就別操心，無可奈何的事也不要多費心思。命運對我們的安排都沒有什麼道理，也無法解釋。

詹姆斯：（宛若沒有聽見，痛心）你就不想努力試試看嗎？

瑪　麗：（兩手無望地垂下來，轉身走開，顧左右而言他）你是說，試試下午坐車兜風嗎？好吧！你高興就好。不過，恐怕會比待在家裡更寂寞。你們都不能陪我兜風，我也不知道叫司機往哪兒開。要是可以到朋友家坐坐，串串門子，談談天，說說笑，那該多好。可是，我沒有朋友，以前就沒有，一直都沒有。（神態更淡漠）在修道院讀書的時候，我有好多朋友，她們住的房子都很漂亮。我會到她們家去，她們也會來我家。可是，後來我嫁給了演員。你也知道，當時一般人對演員的觀感不是太好，這些朋友就開始疏遠我。我們結婚不久，你的舊情人還不肯放手，消息傳了出去，從此，朋友不是可憐我，就是不理我。我恨那些不理我的人，更恨那些可憐我的人。

詹姆斯：（帶著罪過的憤怒）看在上帝的份上，不要再挖掘塵封的往事，好嗎？才過午你就遁入遙遠的回憶，晚上又該怎麼辦呢？

瑪　麗：（倔強地望著他）喔！對了，晚上。我下午該進城一趟。我還得到藥房去買點兒東西。

詹姆斯：（怨恨、嘲諷）你又要到藥房去配那個不能見人的東西是吧？隨你便！你最好多配一點放著，免得你毒癮發作，我們還要看你痛苦的掙扎。又哭又叫，夜裡穿著睡衣瘋狂地往外跑，想跳樓自殺！

瑪　麗：（故意裝聾作啞）我要去買些牙粉和香皂、冷霜……（可憐地屈服了）詹姆斯！你不能一直記著這些事！你不能這樣羞辱我！

詹姆斯：（羞愧）對不起。原諒我，瑪麗！

瑪　麗：（帶著飄忽口氣不認錯）沒關係。根本沒這些事，你一定是做夢看到的。生艾德蒙以前，我一直都很健康。記得吧，詹姆斯，我混身沒有一根緊張的神經，還跟著你隨劇團到處表演，一個禮拜又一個禮拜，一季接著一季，居無定所。坐沒有臥鋪的廉價火車，住髒兮兮的小旅館，三餐也沒能吃得好。甚至在旅館裡生孩子。但是，當時我還是很健康。生艾德蒙可要命了，從此病痛纏身。小旅館中的醫生，那個無知的郎中，知道我會痛，就隨便幫我打了止痛針。

詹姆斯：瑪麗！看在老天的份上，忘了過去吧！

瑪　麗：（平靜）我怎麼能忘記呢？過去就是現在，不是嗎？也是將來。我們努力掙扎，逃避過去，但是，生命不允許我們逃。（繼續說）怪我自己。老二尤金死後，我發誓不要再生小孩。小貝比會死都怪我。當時你在外地表演，寫信告訴我你很寂寞、很想我。我竟然丟下他，讓我母親幫忙照顧，趕忙過去陪你。當時傑米碰巧出天花。要是我在身邊，一定不會讓他進弟弟的房間。（臉色轉為冷酷）傑米一定是故意的。他忌妒弟弟。（詹姆斯正想開口爭辯）啊！我知道當時傑米還小，才七歲。可是他從小就很聰明啊。我還警告他，千萬不能靠近弟弟，他應該知道。爲了這件事，我一直不能原諒他。

詹姆斯：（哀痛欲絕）又提你和尤金，你就不能讓我們死去的孩子安息嗎？

瑪　麗：（彷彿沒聽見）都怪我。我當時不該丟下尤金不管，不該因爲愛你，就聽你的話去陪你。更不該聽你的話，又生下愛德蒙來替代老二尤金的位子，你說這樣我就會忘記喪子之痛。這件事讓我體驗到一個眞理，要孩子健全成長，就得把他們生在像樣的「家」裡，要當好母親，也需要有個像樣的「家」。艾德蒙小時候，我時刻恐懼不安。我知道會有可怕的事情發生。我知道當年那樣撇下尤金，沒有好好照顧他，就證明我沒有資格再當媽媽。我要是再有孩子，上帝就會懲罰我。我眞不該生了艾德蒙。

詹姆斯：（不安地向前面會客室掃一眼）瑪麗！說話小心。要是讓他聽到，會以爲你本來就不要他。他的心情已經夠鬱悶了，更別說……

瑪　麗：（激動辯解）亂講！我當然要他！他是我的心肝寶貝。你不明白！我是說我生下他，卻害了他。他一直都不快樂，也不健康，天生神經質，過於敏感。都怪我。打從他生病，我一直想到尤金和我父親，心裡不安，好害怕……（忽而警覺，突然轉變成不肯面對的態度）啊！我知道想這些可怕的事情，實在很蠢。誰不會感冒呢，過幾天就會好的。

（詹姆斯望著她無奈地嘆口氣。他轉身向前，面對前會客室，看到艾德蒙下樓走進起居室）

詹姆斯：（壓低嗓子喊）艾德蒙來了。看上帝的份上，鎮定一點。等他離開再說！爲了他，你就克制一下吧！（等待著，他強扮出一副愉快、慈愛的表情。她驚悸地等待著，又開始緊張恐懼，兩手慌張、不知所措地在胸前不斷抓著衣服，摸摸脖子、頭髮。等艾德蒙走進門，她竟無法正視他。匆匆快步走開，站在右邊窗口，背對著前面會客室向外望。艾德蒙走進來。他換了一件藍色西裝，硬硬的高領子、打領帶、穿黑色鞋子）（像演員在表演，愉快地說）哈！你穿戴整齊，看起來神清氣爽。我也要上樓去換衣服。（從他身邊走過）

艾德蒙：（無精打采）等一下，爸爸。我實在不想跟你開口。可是，我身上沒錢，連坐電車的錢都沒有。

詹姆斯：（很自然地又開始訓話）你如果不知道錢的價値，就會身無分文。（望著兒子的病容，憂心、憐憫，深覺罪過地修正自己的話）還好你已經知道錢的價值了，孩子。生病之前你也有努力工作，還做得很出色。我以你為榮。（從褲袋裡抽出一小疊鈔票，小心地挑了一張。艾德蒙接過鈔票，瞧了一眼，臉上現出驚訝的神情。他父親用他一貫嘲諷的口氣說）謝謝你。（他口裡念出一句台詞）**「比毒蛇的牙齒更銳利的是……」**

艾德蒙：「生了一個忘恩負義的孩子。」我知道，爸爸。我一定不會讓你失望，相信我。你讓我太感動了，你給的不是一塊錢，是十塊錢哪！

詹姆斯：（因表現慷慨而尷尬）把錢收好。你進城去也許會碰到個把朋友，口袋裡頭不放幾個錢，就不能漂漂亮亮地交朋友。

艾德蒙：你這話可當真？哈！謝謝你，爸爸。（起初他衷心歡喜、感激，繼而不安又猜疑地盯著他父親的臉）可是，為什麼突然……？（嘲弄）是不是哈迪告訴你我快要死了？（這句話深深傷了其父之心）對不起，開玩笑的啦！（衝動地伸手環抱著父親的肩頭，親愛地擁著他）感恩啦！爸爸。

詹姆斯：（真情地擁抱著他）不客氣，孩子。

瑪　麗：（突然轉向他們，憤怒中帶著不知所措的驚恐）你們父子倆，夠了！（著急跺腳）艾德蒙，不要胡說！不要說你快要死了！都是看書看壞的，講的都是傷感和死亡的東西！你父親不該讓你看這些書。你寫的詩更悲觀！滿腦子裝著不想活的念頭！正當有大好前途的年齡，你根本不會生什麼大病！

詹姆斯：閉嘴！瑪麗。

瑪　麗：（即刻轉變成若無其事的口氣）可是，詹姆斯，艾德蒙根本不必窮緊張。（轉向艾德蒙，卻躲開其視線，心疼地逗著他）好了，我的小乖。（走向他）你要人疼、要人寵，是吧？你還是個小娃娃。（伸手抱他一下，他不領情，沒有回應。她的聲音開始顫抖）親愛的，別再說些嚇人的話。我不該把這些話當眞。但是你眞的嚇壞我了。（說不下去，把臉埋在他肩頭低泣。艾德蒙不由得心軟，溫柔地拍拍她的肩）

艾德蒙：不要這樣，媽媽。（碰到父親的眼光）

詹姆斯：（聲音沙啞，想抓住毫無勝算的機會）或許你可以求你媽媽答應……（他摸出懷錶）天呀！我得趕快。（經過前面會客室匆匆離開。瑪麗抬起頭來。又是那種慈愛關切的態度。似乎忘了眼中淚水未乾。轉頭對艾德蒙）你感覺怎樣？乖。（摸他的額頭）有點發燒，是到外面晒太陽的關係吧。看起來比早上好多了。（握著他的手）坐到這兒來。你不能站太久，要知道怎麼保持體力。（讓他坐下來，她斜靠著椅子的把手坐下，一隻手擁著他的肩，讓他看不到她的眼睛）

艾德蒙：（想要說出他完全沒有把握的請求）聽我說，媽媽……

瑪　麗：（打斷他的話）別說了，靠著休息。（說服的口氣）我想，下午你就留在家裡讓我來照顧你。今天這麼熱，坐那髒兮兮的老爺電車進城，夠累人的。跟我待在家裡不是更好？

艾德蒙：（冷冷地）你忘了嗎？我和哈迪醫師約好的。（再度想說出他的請求）聽好，媽媽……

瑪　麗：（急促地）你可以打電話告訴他，你人不舒服，不能去。（激動）去看他只會花錢，還要浪費時間。他就會騙人，正經八百地告訴你，他發現你有什麼嚴重的病。那是他賺錢的伎倆。（冷酷、譏嘲地笑一聲）他是個老糊塗，不會治病，只知道叫你要有堅強的意志！

艾德蒙：（企圖捕捉住她的眼睛）媽媽！我求你聽我說！我求你一件事！你只是剛開始，要戒掉還來的及。你有意志力！我們都會幫助你。我什麼都

第二景

願意做！好嗎？媽媽。

瑪　麗：（哀求、結結巴巴地）拜託你不要……跟我談這些你不懂的事！

艾德蒙：（冷冷地）好吧，我不說了。我知道說了也是白說，沒有用的。

瑪　麗：（面無表情、不肯承認）我不知道你說什麼。你最讓我操心了。我從療養院回來，你就開始生病。醫生再三叮嚀我，叫我必須在家好好休養，絕對不能操心。可我就是擔心你。（慌亂不安）啊，這不能當藉口！（她把他擁到身邊，哀求）親愛的，相信我，我沒有拿你當藉口。

艾德蒙：（痛心）我能相信你什麼呢？

瑪　麗：（把手緩緩移開，態度冷漠）沒錯，難怪你會懷疑。

艾德蒙：（有些羞愧，語氣仍然帶著怨恨）不然你希望我怎樣？

瑪　麗：不能怪你。我自己都不相信自己，你又怎麼能相信我呢？我是個騙子。我以前沒有騙過人，現在我不但要騙人，還要騙自己。可是，連我自己都不明白，你又怎麼能明白呢。這件事我始終不明白，只知道很多年以前，我就發現再也喚不回我的靈魂了。（停頓，壓著嗓子，好像要悄悄說衷心話）可是，親愛的，有一天我會再把自己找回來的。哪一天你完全康復了，看著你健康、快樂、事業成功，我就再也不會覺得內疚。到那一天，聖母瑪利亞就會寬恕我，讓信仰再回到我心裡。聖母會再一次眷顧我、憐憫我。我還可以禱告。就算這個世界上沒有人相信我，聖母還是會相信我。有了聖母的幫助，一切都會容易些。再怎麼痛苦掙扎、呻吟，我也會開心，只要我對自己有信心。（艾德蒙仍然絕望地沉默，她傷感地說）不過，你不會相信的。（她從椅子扶手上站起身，走到右邊窗口，背對著他向外望，若無其事地）我想起來了，你要進城也好。我差點忘了，我要坐車去兜兜風，還得到藥房去。你不會想陪我去那種地方，你會覺得丟臉。

艾德蒙：（抑不住痛心大喊）媽媽！不要這樣！

瑪　麗：你父親給你十塊錢，你會和傑米平分吧！你們兄弟倆總是有福同享，有難同當，不是嗎？像兩個好哥兒們。嘿！我知道他分到了錢會怎麼花用。他會找個地方買醉，開心地和他熟悉或喜歡的女人鬼混。（轉向他，恐懼地哀求）艾德蒙！答應我，不要喝酒！喝酒很危險！你知道哈迪叫你……

艾德蒙：（怨恨）你剛才還說他是個老糊塗呢！

瑪　麗：（心疼）艾德蒙！（前面會客室傳來傑米的聲音，遠遠喊著：「走吧，小傢伙，動身吧！」瑪麗立刻又露出茫然的神色）去吧，艾德蒙，傑米等著你呢！（走向前面會客室門口）你父親也下樓來了。（詹姆斯喊著：「走吧，艾德蒙。」）

瑪　麗：（漠然地，親親他）再見，親愛的。要回家吃飯的話，儘量不要太晚。跟你父親說一聲。你是知道白莉吉的。（他轉身匆匆走開。詹姆斯在走道喊：「再見，瑪麗。」隨後傑米也喊著：「再見，媽媽。」她也喊了一聲「再見。」父子三人都離開，聽到前面紗門關上的聲音。她走過來站在桌旁，一隻手不停的在桌面敲著，另一隻手不安地舉起來摸摸頭髮。她恐懼地環視房間，低聲自言自語）這屋子好冷清。（隨即擺出一付瞧不起自己的冷酷表情）你又騙自己了。其實你希望他們都離開。他們看不起你、厭惡你，你一定不好受。他們走了你才高興呢！（絕望地輕聲一笑）可是，聖母瑪利亞，爲什麼我覺得這麼寂寞？

——**幕落**——

第二幕

第三幕

時　間：傍晚六點半左右。

場　景：同前。

起居室漸漸暗了下來，從海灣一路散過來的霧，像白色的簾幕垂掛在窗外，使暮色提早降臨。港口外的燈塔，斷斷續續傳來規律的霧笛聲，宛如臨盆的鯨魚痛苦的呻吟。停泊在碼頭的遊艇也發出間歇規律的鐘聲。

如前一幕午餐前的一場戲，桌上擺著一個托盤，盤子上放著一瓶威士忌酒，幾個杯子，還有一個裝冰水的小水壺。

舞台上出現的是瑪麗和女傭卡士琳。卡士琳站在桌子左邊，手裡拿著一個空酒杯。舉止露出酒醉的神態。傻呼呼的、好脾氣的臉帶著喜孜孜的笑。

瑪麗看起來臉色更蒼白了。眼睛閃著不自然的光彩，舉止間，那種奇特的飄忽更形強烈。她已深深遁入了自我的夢境，尋求逃避與解脫。眼前的現實於她僅僅是幻象，可以不加理會，甚至麻木、沒有感覺地接納、然後拋棄。有時她的舉止神態會帶著幾分怪異的愉悅，幾分自在的年輕氣息，彷彿她的心靈已經獲得解放，不自覺地回到當年修道院中的歲月，重溫她那天眞無邪、歡笑蜜語的女學生美夢。她身上還穿著下午坐車兜風穿的衣服。這套衣服款式簡單，但是價値頗爲昂貴。若非她的穿著隨便得幾近邋遢，必是一件極合宜的外出服。她的頭髮看起來有點紊亂。她親密地和卡士琳交談，好像這個女傭人是她多年密友似的。幕升起時，只見瑪麗傍著紗門向外望。遠處傳來霧笛低吟的聲音。

瑪　麗：（喜孜孜，天真爛漫像個小女孩）聽！是霧笛的聲音。很可怕吧！卡士琳。

卡士琳：（打心裡喜歡她的女主人，說話雖然比往常隨便些，卻不至於無禮）是啊！夫人。那聲音好像傳說中預告死亡的女妖。

瑪　麗：（自顧自說下去。好像她只是要卡士琳陪她，讓她可以自在的說話）今晚我可不怕霧笛的聲音。昨晚吵得我要抓狂，煩躁地躺在床上，整晚沒有闔眼。眞受不了。

卡士琳：該死。剛才從城裡回來的時候，我嚇死了。好大的霧，伸手不見五指。我還擔心斯麥士這醜八怪會撞到樹，然後把我們摔到水溝裡去。還好您讓我陪著您坐後面，夫人。我要是坐在那醜八怪的身邊，他那兩隻手就會不老實。抓到機會，他就會偷偷捏我的大腿，還會摸我哪些地方，你就自己想像吧。原諒我直言了，夫人。我可是實話實說。

瑪　麗：（夢中喃喃自語）我不怕霧，卡士琳。我喜歡霧。

卡士琳：聽說霧對皮膚很好，會讓你的臉看起來更漂亮。

瑪　麗：霧可以把你藏起來，也會把世界遮蓋住。一切都會不一樣，和平常看到的完全不同。再沒有人看得到你，沒有人碰得到你。

卡士琳：別人家的司機看起來體面又帥氣，斯麥士要是像他們，我就不會這麼生氣了。開玩笑啦！我是個懂分寸的女孩子。斯麥士這個又矮又乾的醜八怪，門兒都沒！我還警告他，要他放明白點兒。不要以爲我是窮人家的孩子，他就可以亂來。我對他可一點意思也沒有。我還提醒他，他要是敢再欺負我，我會打得他昏過去，讓他躺一個禮拜都醒不過來，叫他吃不完兜著走。我一定說到做到！

瑪　麗：我好恨霧笛。它吵得你不得安寧，不斷地提醒你、警告你，把你喚回到現實來。（古怪地微微一笑）今晚可不會。那聲音雖然不好聽，卻擾亂不了我。（孩子氣地揶揄一笑）不過，泰隆先生的鼾聲就不同了。我總愛和他開玩笑，拿這件事嘲弄他。在我記憶中，他一直都會打鼾，尤其他多喝點酒鼾聲就更大了，可是他就像個孩子，死不承認。（笑著走近桌旁）其實，要是我打鼾，我才不承認吶！這麼說，我是沒有理由笑他了，可不是？（在桌子右側的搖椅上坐下來）

卡士琳： 喔，當然，健康的人都會打鼾。聽說會打鼾的人一定很健康。（擔憂）幾點了？夫人。我得回廚房去了。白莉吉的風濕又發作了，她發起脾氣來就像發狂的魔鬼。我怕她會把我的頭敲斷。（把杯子擱在桌上，移步走向後面會客室）

瑪　麗： （突然發覺）別走，卡士琳。不要丟下我。

卡士琳： 就一會兒，不會太久。先生和少爺一會兒就會回來。

瑪　麗：他們還不一定會回家吃飯呢！有這麼好的藉口，讓他們可以留在酒吧裡逍遙自在。（卡士琳瞪著她瞧，一臉迷惑不解的傻相。瑪麗仍帶著微笑）別擔心白莉吉。我會告訴她，是我要你留下來陪我的。待會兒你帶一大杯威士忌過去給她，她就不生氣了！

卡士琳：（咧嘴一笑，又自在了）當然不生氣，夫人。一杯酒一定讓她開心的不得了。她愛喝的哪！

瑪　麗：你想喝就再倒一杯吧，卡士琳。

卡士琳：再喝一杯？夫人，我剛才喝了一杯，已經有點醉了。（伸手取酒瓶）好吧，再來一杯大概沒問題。（倒酒）願您健康，夫人。（一飲而盡）

瑪　麗：（夢也似地）我以前還眞是非常健康，卡士琳。很久很久以前。

卡士琳：（又憂心忡忡）老爺一定會看出來酒瓶裡的酒少了。他的眼睛像老鷹一樣犀利，他會顧著酒瓶。

瑪　麗：（喜悅）嘿，我們來學傑米騙騙他。去拿點水來倒進酒瓶就行了。

卡士琳：（依指示倒水，咯咯地傻笑）上帝原諒我，摻了一半的水。他喝了就知道。

瑪　麗：（不以為然）他不會知道。今晚他一定是醉的分不出東西南北才會回家。他一定會說他有很好的理由藉酒澆愁。

卡士琳：（頗有哲學意味地）哎呀，再好的男人也有小毛病。喝酒沒什麼啦！喝酒才會有精神。（迷惑不解）你說他有很好的理由？是艾德蒙少爺嗎？夫人。我看得出來，老爺很擔心他。

瑪　麗：（強力反駁，反應勉強又不自然，刻意誇大情緒）別傻了，卡士琳。他幹麼要擔心？小小的感冒算得了什麼。泰隆先生什麼都不擔心，只擔心他的土地房產。他還擔心老來沒錢，得去住救濟院。他煩惱的就只有金錢，腦袋裡除了錢就沒別的。（淡淡地，開心地笑）他這個人可眞特別，卡士琳。

卡士琳：（隱約有點替他抱不平）他可是一表人才，還是個待人親切的紳士咧！夫人。有這樣好的老公，有些小缺點你就別介意吧！

瑪　麗：唉啊，我不介意啦。我們結婚三十六年了，我眞的很愛他。我知道他的心腸好。愛錢是他的本性，改不了，不是嗎？

卡士琳：（拾回幾分信心）是啊，夫人。誰都看得出來他很愛你，把你捧在手掌心。（剛喝下的酒發威，她有些醉意，卻強撐著說下去）說起表演這件事，夫人，您怎麼從來不上台？

瑪　麗：（憤怒）我？你哪來這個荒謬的念頭？我是好家庭出身的大家閨秀，在中西部最好的修道院受教育。認識泰隆先生以前，我壓根兒不曉得有戲院這種地方。當年我是虔誠的教徒，夢想著有一天要當修女，從來沒有當演員的念頭。

卡士琳：（冒失地）喔！很難想像您會是個聖潔的修女，夫人。沒看過您上教堂。上帝寬恕你。

瑪　麗：（自顧自說下去）我到了戲院就不自在。泰隆先生到處表演，他都會帶著我。可是，我和劇團的工作人員，還有舞台上的演員，都沒什麼交集。其實他們沒有什麼不好，對我也很親切。我對他們也以禮相待。只是，和他們在一塊兒我會不自在。他們的生活和我格格不入，我們之間有一層隔閡。（突然站起身來）算了，別談過去的事。（走到陽台門邊，向外望）好大的霧，看不到馬路了。管他是誰經過，我都看不到他們。每天都像這樣該有多好。天已經黑了，馬上就是夜晚，感謝老天爺。（轉身進來，模糊地念著）你眞好，陪了我一個下午，卡士琳。下午坐車進城幸虧有你陪著，我才不會感到寂寞。

卡士琳：是啊，我陪你坐車兜風也很愉快，像出去渡假。不必待在這兒聽白莉吉炫耀她的親戚。夫人。（稍頓，傻氣十足）只有一件事我不喜歡。

瑪　麗：（咕噥著）什麼事？卡士琳。

卡士琳：我到藥房替你買藥，那個人什麼態度嘛！（憤怒）沒禮貌！

瑪　麗：（不解的神色）什麼藥房？什麼藥？（卡士琳不解地瞪著眼，她趕緊接口）喔，看我又忘了，是風濕藥。那是我的老毛病。藥房的人怎麼啦？（若無其事繼續說）只要他肯賣我們藥，管他什麼態度！

卡士琳：我不能接受他的態度！我可不習慣被當作賊。他瞧了我老半天，看著處方上的藥名，口氣輕蔑的問我：「你這是哪兒弄來的？」我說：「你管我。不過，你一定要知道的話，我就告訴你吧。是我家女主人泰隆太太要的，她就在外面車上等呢。」他馬上就不吭聲，探頭看看你，「哦」了一聲，就去拿藥。

瑪　麗：（低聲說）是啊，他認識我。（她坐在桌子右後方有扶手的椅子上，聲音平靜，若無其事地繼續說）我一定要吃這個藥，沒別的辦法可以止痛，你看我的手。（舉起手，憐惜地看著）可憐的手！說來你不會相信，以前我最漂亮的就是這雙手。我的頭髮，眼睛，手指都很漂亮。（聲音越飄越遠，如在夢境）這是鋼琴家的手，年輕時，我喜歡彈鋼琴。當年在修道院讀書，我對音樂下了很大的功夫。伊莉莎白院長和音樂老師常說，那麼多學生，就我最有天分。我父親還花錢請老師指導我。他把我寵壞了，我要什麼他就給什麼。畢業以後，他原本想送我到歐洲深造。要不是認識了泰隆先生，我就到歐洲去了，也許會當修女。當時我有兩個夢，最美的夢是當修女，還有一個夢是當鋼琴家。（不語，瞪眼凝望著雙手。卡士琳此時酒醉昏昏欲睡，眨眨眼打起精神）這些年，我不曾碰過鋼琴。現在就算我想，這雙手也不能彈了。剛結婚有一段時間，我還努力練琴，可是很難持續下去。劇團要到處跑，住小旅館，坐髒兮兮的火車，想要好好照顧孩子都很困難，因爲沒有一個像樣的家……（驚恐厭惡地注視著雙手）你瞧，卡士琳，這雙手好難看！（神色古怪地輕聲笑）怎會成了這付樣子呢。（突然把手往背後一縮）我不要看，這雙手比霧笛的聲音更叫人難過。（強撐著信心）罷了！（從背後抽出雙手，用心看著，平靜地）從前那雙美麗的手已經不見了。

卡士琳：（不解）您吃藥了？你的舉動很好玩，夫人。不知道的人還以爲您喝醉了呢！

瑪　麗：（像在夢中喃喃自語）吃藥才能消我痛苦。可以回想過去，只有歡樂的往事才是眞實的。（稍頓，看起來很高興，態度和面部表情完全變了，看來更年輕。還露出修道院女孩特有的純眞。羞怯地笑著）你覺得泰隆先生很帥，是吧？卡士琳。你可以想像，我倆剛認識的時候他有多帥！當年他可是大大有名的美男子。我們修道院的女孩子，只要看過他的演出，或者看過他的照片，沒有一個不爲他著迷。他是舞台上閃亮的巨星。多少女人就在戲院門口等他，看著他從戲院走出來。有一天，我父親寫信告訴我，泰隆先生是他的朋友，等復活節我放假回家，他就會帶我去見他。你可以想像我有多興奮。我開心地把信給修道院的同學看，她們好羨慕。父親帶我去看他演戲，演的是法國大革命，主角是個貴族。我的視線始終離不開他。戲演到他去坐牢的時候，我居然哭了。我好生氣，因爲怕會哭紅了眼睛和鼻子。看完戲我們就到後台化妝室去看他。（有些興奮，羞赧地笑了）當時我好害羞，不知所措，像個小傻瓜似的羞紅著臉，一句話都說不出來。他可不認爲我是傻瓜，當時他就對我一見鍾情。（風情萬種）年輕時，我可是個大美人，卡士琳。那天他演一個貴族，身上還穿著戲服，看起來英挺帥氣，比我夢中的白馬王子還要帥。他和一般男人不同，宛如不是塵世中人。而且他很和氣、不擺架子、不會裝模作樣。當下我就愛上他，他也愛上我。是他事後告訴我的。我把當修女、鋼琴家的美夢忘得一乾二淨，一心一意想做他的新娘。（停頓一下，注視前方，眼睛明亮，如在夢中，嘴角掛著一抹喜悅、溫柔、純真的微笑）三十六年了，我記憶猶新，彷彿是今晚才發生的事。從此，我們彼此相愛。三十六年來，他沒有別的女人，認識我以後就沒有。我很幸福，卡士琳。就爲了這一點，好多別的事我都可以不計較。

卡士琳：（力搏睡意，感慨的說）他是個紳士，是好人。你是幸運的女人。（煩躁不安）我給白莉吉送一杯酒去，好嗎？夫人。晚餐時間到了，我得進廚房幫忙。不給她喝酒消消氣，她會拿菜刀把我宰了。

瑪　麗：（被卡士琳打斷夢境，回到現實，有些生氣）去吧！去吧！現在不需要你了。

卡士琳：（如釋重負）謝謝您，夫人。（倒了一大杯酒，往後面會客室走去）不用擔心沒有人陪您，一會兒老爺和少爺……

瑪　麗：（不耐煩）他們不會回來。告訴白莉吉我不想等他們，六點半開飯。我不餓，你們吃，我陪你們好了。

卡士琳：你要吃一點，夫人。要是吃那個藥會沒胃口，那就有問題了。

瑪　麗：（再度跌入夢境，反應呆滯又不自然）你說什麼藥？我不懂你說什麼。（打發她走）好了，你還是給白莉吉送酒去吧！

卡士琳：是，夫人。（從後面會客室進去。瑪麗等著，聽到餐廳的門關上的聲音，才如釋重負向後靠、出神、遁入夢境。兩手無力地擺在椅子的扶手上，長長的手指彎曲，關節腫大。然後她安詳地低下頭。屋內漸漸暗下來，一片死寂。頃刻間，外頭傳來霧笛的低吟聲。接著，從停泊在港口的船上，鐘聲此起彼落，透過濃霧傳送過來。瑪麗一臉木然，似乎沒有聽到。但是，有那麼一會兒，她雙手急速擺動，手指茫然無意識地在空中比劃著，又茫然無覺地皺皺眉、搖搖頭，好似蒼蠅爬過心頭。突然，她那小女孩似的神色不見了，變成了歷盡滄桑、痛苦、哀傷的中年婦人）

瑪　麗：（痛苦）你是個多愁善感的傻瓜，滿腦子詩情畫意的傻女孩。認識一個偶像又怎樣？以前你在修道院每天禱告，不是更快樂嗎？（渴望）要是能尋回失去的信仰、能夠禱告，該有多好！（稍停，以呆板、空洞的聲音開始吟誦《聖母頌》）**「天上聖母，天恩浩瀚！上帝與你同在，你是女中聖神。」**（然後帶著嘲諷的語氣）你別想用這幾句話去騙聖母瑪利亞，你瞞不過她的！（倏地站起身，舉起手慌亂地攏攏頭髮）我得上樓去。一起個頭，就不知道需要多少藥量才夠。（走向前面會客室，忽然聽到屋前馬路上傳來人聲，便在門口停住。歉疚地說）一定是他們回來了。（匆匆回頭坐下，臉上是倔強的表情，生氣）他們爲什麼要回家呢？他們應該不會想回家吧。其實，我自個兒在家也很好啊。（態度遽然改變，一陣傷感，渴望地）啊！很高興他們回來！我好寂寞！（她聽到前門關上的聲音，然後是詹姆斯不安地在走道喊著）

詹姆斯：瑪麗，你在家嗎？（走道的燈亮了，光線透過前面會客室落在瑪麗身上）

瑪　麗：（站起身，帶著興奮的歡欣）我在這兒呢，親愛的，在起居室。在等你呢！（詹姆斯從前面會客室進來，艾德蒙跟在後頭。詹姆斯喝了不少酒，可是，除了眼睛更亮，說話有點語無倫次之外，看不出醉態。艾德蒙雖然多喝了些，看起來也沒有醉，只看到他深陷的臉頰泛著紅暈，兩眼看來更明亮熱切。他們在進門處站定，帶著懷疑的眼光望著她。糟了！果然不出所料，她又吸毒了。但是，瑪麗並未查覺他們責難的眼色。她親親丈夫和兒子。態度顯出不自然的熱情，興奮地說）你們回來了，我好高興。我還以爲你們不會這麼早回來呢！今晚有霧，陰沉沉的。你們留在酒吧應該更愉快，有人陪你們聊天、說說笑笑。我沒說錯吧？我明白你們的感覺。不過，我不怪你們。看你們這麼早就回家，我很感激。我不像你們，有別的地方可以去。我只能孤單、憂愁地待在家裡。過來啊！（在桌子左後方坐下，艾德蒙坐左側，詹姆斯坐右側的搖椅。然後她對詹姆斯說）晚飯還得等一會兒，難得你回來得早了些。來，喝杯威士忌，親愛的。要不要我給你倒一杯？（不待回答，倒了一杯遞給他。轉身向艾德蒙）你呢，艾德蒙？你還是不要吧。可是，飯前喝一杯開開胃倒也無妨。（也倒了一杯給他。他們倆都不動。對他們的沉默，她相應不理，繼續說）傑米呢？算了，他只要身邊還有一點酒錢，就回不了家。（伸手抓著她丈夫的手，哀傷）我怕傑米已經走入歧途，不理會我們了。（嚴肅堅定的口氣）我們絕對不能讓他把艾德蒙也帶壞了。他吃艾德蒙的醋，因爲小兒子永遠是我們的小寶貝。小時候他也吃弟弟尤金的醋。他千方百計就是要艾德蒙像他一般墮落，像他一般無藥可救。

艾德蒙：（擔心）不要再說了，媽媽。

詹姆斯：（冷冷地）瑪麗，你就少說幾句吧。（有些醉意，對艾德蒙說）你媽媽講的沒錯。小心提防你哥哥，不要讓他那尖酸刻薄，像毒蛇似的嘴巴把你的人生給毀了！

艾德蒙：（憂愁）得了，爸爸。

瑪　麗：（充耳不聞，繼續說下去）看現在的傑米，很難相信他小時候是個好孩子。你還記得這孩子本來多麼健康、快樂嗎？詹姆斯。小時候，他跟著我們居無定所，坐髒兮兮的火車、住小旅館、吃差勁的伙食，他都沒脾氣，也不生病。總是笑口常開、高高興興，也難得哭。老二尤金和我們在一起兩年，也一樣健康、快樂。是我疏忽才送了他的小命。

詹姆斯：啊，主啊！我不該這麼早回家！

艾德蒙：爸爸，不要再說了！

瑪　麗：（親密的對艾德蒙微微一笑）倒是艾德蒙小時候最麻煩，三天兩頭生病，莫名其妙就嚇著了。（輕拍他的手，逗著他）大家都說，你連帽子掉在地上也會被嚇哭，親愛的。

艾德蒙：（痛心）也許小時候我就有很好的理由該哭吧！

詹姆斯：（憐憫地責備）好了，孩子。不要理她……

瑪　麗：（充耳不聞，悲傷地）誰想得到傑米長大了會讓我們蒙羞。你應該記得吧？詹姆斯。他住校那幾年，每學年成績都很好。大家都喜歡他，每一位老師都說他頭腦好，學校那些功課他輕輕鬆鬆就可以應付。後來他喝酒被學校開除，師長還來信表示惋惜，說他本來是個聰明、人人喜歡的學生。他們還說只要他能改邪歸正，前途還是一片光明。（停頓，傷感）實在很可惜。可憐的傑米！怎麼會變這樣呢？（臉色突然轉變，帶著譴責、仇恨的眼光瞪著她丈夫，疾言厲色）是你！是你讓他變成酒鬼。他每天睜開眼，就看到你喝酒。我們住的小旅館房間，寫字桌上總會有一瓶酒！小時候他做惡夢驚醒，或是腸胃不舒服，你就給他一湯匙威士忌讓他安靜。

詹姆斯：（惱羞成怒）那個懶惰的傻大個兒自己要變成酒鬼混日子，能怪我嗎？我回家來就聽你說這個？早該料到會這樣！你只要打一針，就開始怪東怪西，你怎麼不怪你自己？

艾德蒙：爸爸，你不是叫我別理她嗎？（生氣）她有說錯嗎？你也是這樣哄我的。我還記得每次從惡夢中驚醒，你就給我喝一湯匙威士忌。

瑪　麗：（帶著遙遠的回憶）是呀，你小時候膽子小，經常做惡夢。（頓了一下，繼續說）我不是怪你父親，艾德蒙。有些事他不會明白。他十歲就失學。他們那些愛爾蘭鄉巴佬最無知，窮怕了！我想，他們眞的相信小孩子生病，或給嚇著的時候，喝一小匙威士忌最有效。（詹姆斯正要生氣大吼，替他的愛爾蘭同胞抗辯，艾德蒙及時阻止）

艾德蒙：（尖聲叫）爸爸！（顧左右而言他）要喝酒嗎？

詹姆斯：（克制自己，冷冷地）你講得對。傻瓜才會理她。（無精打采地拿起杯子）喝酒，孩子。（艾德蒙喝下，詹姆斯望著手中的杯子發呆。艾德蒙立刻感覺到威士忌摻了很多水，他皺眉，視線從酒瓶轉向他母親，欲言又止）

瑪　麗：（語調轉變，懊悔）對不起，我把話說重了，詹姆斯。我不該說這些話。你說你不該這麼早回來，我好難過。其實，看到你早回家我很高興，謝謝你。今晚有霧，我孤零零在家挨到天黑，感覺好悽涼。

詹姆斯：（感動）看到你沒事，我很高興我提早回家，瑪麗。

瑪　麗：我覺得好孤單，就讓卡士琳陪我，有個人可以說話。（她的神情又像當年修道院中那個羞澀的女孩）你知道我跟她說什麼嗎，親愛的？我告訴她，那天晚上我父親帶我到戲院後台去看你，我倆一見鍾情。記得嗎？

詹姆斯：（感動，聲音沙啞）我沒有忘記過，瑪麗？

瑪　麗：（溫柔地）你沒忘記。我知道你還愛我，詹姆斯。所以，其他事情就算了。

詹姆斯：（激動，把眼淚收回去。平靜、深情地說）我當然愛你，上帝爲我作證，此情永不渝，瑪麗！

瑪　麗：我也愛你，親愛的。（艾德蒙不安地動一下。她的舉止恍惚，彷彿在談論不相干的人）可是，我得說實話，詹姆斯。雖然我身不由己愛上你，可是，當時要是知道你這麼愛喝酒，我絕對不會嫁給你。記得有一天晚上，你那些酒友把你扶到我們住的旅館。他們敲敲門，就把你丟在門口，不等我應門就離開了。當時我們才新婚呢，記得嗎？

詹姆斯：（情緒激動、心虛、愧疚）不記得了！不是新婚吧！我不會醉到要人扶上床，也不會耽誤劇團的表演！

瑪　麗：（相應不理）他們帶你回來之前，我在小旅館裡等了一個晚上，爲你找各種藉口。我告訴自己，你一定在忙著工作。後來，我開始害怕，想像各種恐怖的意外。我跪下來祈禱，希望你沒有出什麼事。最後是他們把你扶上來，扔在門口。（傷感，輕輕嘆氣）我當時並不知道，這樣的事以後還會發生多少次。我是不是得天天在小旅館房間裡，孤單害怕地等待。不過，後來我就習慣了。

艾德蒙：（帶著責備的恨意看著他父親，脫口喊）上帝！怪不得！（克制自己，粗聲粗氣）媽媽，什麼時候開飯？時間到了吧！

詹姆斯：（努力隱藏歉意，摸著懷錶）是呀，應該開飯了吧！我看看。（他看著錶，卻不注意時間。開口哀求）瑪麗！你就不能忘記這些事嗎？

瑪　麗：（憐憫）我不能忘記，親愛的。可是我原諒你了。我一次又一次地原諒你。你不要露出愧疚的樣子。對不起，我不該想起這些讓人難過的往事。但願我只記得往日生活中快樂的部分。（神情像嬌羞、快活的少女）親愛的，記得我們的婚禮嗎？不用說，連我的結婚禮服是個什麼樣子，你也早忘得一乾二淨了。男人都不認爲這些東西有什麼重要。告訴你，這些對我卻很重要呢！爲了那場婚禮，我好緊張、好興奮、好快樂！我父親叫我喜歡就買，不必怕花錢。他把我寵壞了。我母親就不。她不贊成我嫁人，尤其是嫁演員。她還對我父親抱怨說：「我要買東西，你可沒告訴過我不必怕花錢！你這麼縱容這孩子，我倒要替她丈夫耽心。她會要他給她月亮，她不會是個好太太。」（笑）可憐的媽媽！（帶著嫵媚，對著詹姆斯微笑）可是，她錯了，不是嗎？詹姆斯。我有這麼差嗎？

詹姆斯：（努力擠出一絲笑容）你很好。我對你沒有怨言，瑪麗。

瑪　麗：（臉上掠過一層愧疚的陰影）我愛你，無論環境如何改變，我都愛你。（陰影消失，回復嬌羞的表情）那件結婚禮服，幾乎把我和裁縫師折磨死。（一笑）我總是不滿意。後來她告訴我，不能再修改了，否則那件衣服就要毀了。最後衣服做好了，我照著鏡子，快樂得不得了，心想：「就算你臉上的五官稍微大了些，你的眼睛、頭髮、身材以及纖纖玉手卻非常漂亮。你的姿色並不比他身邊那些女戲子差。你還不需要像他們那樣化妝呢。」（稍頓，皺著眉頭搜尋記憶）我的結婚禮服在哪兒呢？咦！我不是用紙包好收在箱子裡嗎？要是我有女兒，等她結婚的時候，我就可以把禮服送她，她一定買不到這麼漂亮的禮服。還有，詹姆斯，你一定不會叫她儘管買，不必怕花錢。你會要她買便宜貨。那是一件閃亮的細緞禮服，配上華麗的花飾，領口、袖口都有小花邊，大蓬裙襯托出小蠻腰。上身緊而合身。記得我穿的時候，還得縮起肚子。我父親讓我連拖鞋都鑲上花邊，頭紗繡上許多橘紅色的小花。啊，我好愛那件禮服，好漂亮！奇怪，放在哪兒呢？我常常偷偷拿出來看，每次總要哭一會兒。（又皺著眉頭）奇怪，藏在哪兒呢？也許收在閣樓上的舊箱子吧。哪天我得瞧瞧去。（停住，望著前面。詹姆斯嘆口氣，絕望地搖頭，企圖捕捉兒子眼光，可是艾德

蒙只是望著地板出神）

詹姆斯：（勉強裝出若無其事的口氣）還不開飯嗎？親愛的。你總是怪我耽誤三餐開飯的時間，現在我好不容易趕上，卻還得等開飯。（她充耳不聞。他愉快地說下去）這樣吧，既然要等，我們喝酒總可以吧？我都忘了手上這杯酒了。（喝酒。艾德蒙望著他。詹姆斯臉色一變，帶著嚴厲的懷疑神情瞪著他太太，粗暴地叫著）誰在我的威士忌動了手腳？摻了一半的水！這一回肯定不是傑米幹的，他還沒回來呢。況且，他也不至於這麼沒分寸，摻了這麼多水。瑪麗，告訴我是誰幹的！（又生氣又厭惡）上帝，你沒喝酒吧！在這節骨眼兒……

艾德蒙：住嘴，爸爸！（向他母親說話，卻不瞧她）你請卡士琳和白莉吉喝酒，對吧？媽媽。

瑪　麗：（輕描淡寫冷淡地說）是啊！她們辛苦工作，就爲了幾個小錢。我是女主人，還怕她們不做了呢！我想請卡士琳喝酒，因爲她下午陪我進城，還替我去買藥。

艾德蒙：老天，媽媽！你不能信任她呀！你要大家都知道嗎？

瑪　麗：（倔強沉下臉）知道什麼？知道我有風濕病，必須依靠藥物止痛？這有什麼見不得人呢？（帶著冷酷的敵意轉向艾德蒙，幾乎懷著報復的仇恨）我生你以前，可不知道風濕是什麼玩意兒！問你爸爸就知道。（艾德蒙望向別處，驚悸地瑟縮著）

詹姆斯：別理他，孩子。到了這個地步，他連手痛的爛藉口都搬出來了。她已經離我們很遙遠了，跟她講道理也沒用。

瑪　麗：（轉向他，帶著一抹勝利、嘲弄的微笑）你明白這一點就好，詹姆斯！你們兩人，你和艾德蒙，以後也許就懶得再提醒我了！（突然以若無其事的口氣說）怎麼不開燈呢？詹姆斯。天黑了。我知道你討厭開燈，可是，艾德蒙不是告訴過你嗎？開一盞燈花不了多少錢。所以，你大可不必這麼小氣，就怕多開一盞燈就會變成窮光蛋。

詹姆斯：（立即反應）我知道開一盞燈花不了多少錢。不過，這兒亮一盞燈、那兒亮一盞燈，會讓電力公司賺死。（站起身打開看書用的檯燈，粗暴地說）我是笨蛋，和你講什麼道理呢！（向艾德蒙）我去拿一瓶新開的威士忌，孩子。我們喝個痛快。（走進後面會客室）

瑪　麗：（愉快地說）他要偷偷地繞到外面，從地窖門進去，免得佣人會看到。他把威士忌鎖在地下室，自己也覺得很丟臉。你父親是個奇怪的人，艾德蒙。我花了好多年才了解他。你也必須想法子了解他、寬恕他，不要因爲他太小氣就瞧不起他。當年他們全家從愛爾蘭來到美國，才一年左右，他父親就丟下他們母子七人回愛爾蘭老家。還說他有個預感，恐怕自己不久人世，想念老家，想回到那兒葉落歸根。他眞的走了。你父親年僅十歲就得到工廠去作工。

艾德蒙：（厭煩，抗議）夠了，媽媽。我已經聽爸爸講了一萬遍工廠的故事了。

瑪　麗：親愛的，他就愛講這些事。你雖然聽了一萬遍，可你從來就沒有眞正了解他困頓的童年。

艾德蒙：（不理會，苦惱地）聽我說，媽媽！你應該不會把什麼事都忘得一乾二淨吧！你還沒有問我今天下午檢查的結果呢！難道你一點兒都不關心嗎？

瑪　麗：（震驚）不要這樣講！我會難過的，親愛的！

艾德蒙：我的病很嚴重，媽媽。哈迪醫師確定了。

瑪　麗：（輕蔑、不肯面對的神情）那個騙人的老庸醫！我必須提醒你，他也許會捏造事實……！

艾德蒙：（繼續說）他請了一位專家會診，我相信他的診斷應該不會錯了。

瑪　麗：（不理會）不要在我面前提起那個哈迪！療養院裡有一位眞有本事的大夫，他說應該把哈迪的執照吊銷！他說當年我落到他手上，沒有發瘋還眞是奇蹟呢！我怎麼沒發瘋？有天晚上我還穿著睡衣跑下樓，想要從碼頭上跳到河裡自殺。你還記得吧？現在你卻要我聽他胡說八道。我才不管他說什麼呢！

艾德蒙：（痛苦）嗯，我怎麼不記得呢？媽媽。當時爸爸和傑米就決定要告訴我妳的情況。傑米告訴我的時候，我還無法接受，怪他騙人，想把他的鼻子揍扁。其實，當時我就知道他沒有騙我。（聲音顫抖，眼中噙滿淚水）天呀，這件事讓我們的生活全變了樣！

瑪　麗：（憐惜地）哦，不要這樣，我的小乖乖！看你難過我好傷心！

艾德蒙：（沉痛）對不起，媽媽。是你惹起來的。（口氣斬釘截鐵）聽好，媽媽。你聽也罷，不聽也罷，我要告訴你。我要住進療養院了。

瑪　麗：（不能接受，這是她始料未及的事）你要離開家？（激動）不！不要！哈迪好大的膽子，居然不和我商量就叫你去住療養院！還有，你爸爸竟然還答應！他憑什麼？你是我的小乖！他該去管管傑米！（越來越激動，疾言厲色）我知道他爲什麼要把你送進療養院。他就想把你從我身邊帶走！他故意這麼做。他對我的每一個乖乖都吃醋！想盡辦法讓我離開你們。所以尤金會死！他嫉妒你，因爲他知道我最愛的是你。

艾德蒙：（悲悽）不要再說了，行嗎？媽媽！不要責怪他了。我要離開家，你爲什麼這麼不能接受呢？我以前就經常離家，你也沒有這麼傷心呀！

瑪　麗：（怨恨）看來你的心思還是不夠細。（悲悽）當年你知道我的狀況以後，我寧願你走得遠遠的，這樣你至少可以眼不見爲淨。你怎麼會不了解我的心情呢？

艾德蒙：（心碎）媽媽，不要再說了。（抓住她的手，然後放下。又怨恨地說）說什麼妳有多愛我，可是，我告訴妳我的病很嚴重妳又不想聽。

瑪　麗：（突然像哄娃娃的慈母）得，得。夠了！我不想聽。我知道是哈迪胡說八道。（他瑟縮。她勉強裝出逗趣的聲音繼續說，卻有一股憤怒）你眞像你父親，我的小乖。你就是愛折磨我。（帶著輕鬆的笑）稍稍關心你，你就會告訴我你快死了。

艾德蒙：是有人得這種病死的。你父親不就是……

瑪　麗：（尖聲叫）你提他作啥？你和他不一樣，當年他得的是肺結核。（生氣）我討厭你這麼憂鬱、病態！不准提起我父親，聽到嗎？

艾德蒙：（臉一板嚴肅地）知道了，媽媽。我也不想提起他啊！（從椅子上站起身，直瞪著她，痛苦）有時候我很難接受這個事實，我母親竟然是個毒蟲。（她瑟縮，臉色死灰。艾德蒙恨不得收回這句話，他淒切地道歉）原諒我，媽媽。我不該生氣。我好傷心。（寂靜中傳來霧笛和船上的鐘聲）

瑪　麗：（緩慢地踱到右邊窗口，向外望，聲音空洞、遙遠）你聽那可怕的霧笛聲，還有那鐘聲。奇怪，爲什麼霧會讓人迷惘呢？

艾德蒙：（受不了）我不想待在家裡，晚飯就不吃了。（經過前面會客室匆匆離開。她望著窗外，聽著前門關上的聲音，又坐下來，臉上一片迷茫）

瑪　麗：（小聲自言自語）我得上樓去，藥量不夠。（稍停，渴望地）希望哪一天我會不小心用藥過量。我不能蓄意這麼做。聖母不會寬恕我。（聽到詹姆斯從後面會客室怒氣沖沖地進來，手上拿著一瓶新開的威士忌，她立即轉過身）

詹姆斯：（憤怒）鎖被撬壞了。那遊手好閒的酒鬼又重施故技，想拿一根鐵絲打開鎖。（非常得意，彷彿這是一場他和大兒子之間相持不下的長期對戰）這一次可叫他上當了。這把鎖非比尋常，連受過專門訓練的小偷都打不開呢。（他把酒瓶往托盤上一擺，突然注意到艾德蒙不在場）艾德蒙呢？

瑪　麗：（茫然的口氣）他出去了。也許又進城去找傑米。我想，他口袋裡還剩幾個錢，放著不用會燒出洞來。他說他不吃晚餐，這些日子他好像沒有什麼胃口。（倔強地）可是，只不過是夏天感冒。（詹姆斯望著她，無奈地搖搖頭。自己倒了一大杯酒喝。突然，她終於承受不了，哭出聲來）啊，詹姆斯，我好害怕！（她站起身，兩手抱住他，把臉貼著他的肩頭，低聲哭泣）我知道他這個病好不了！

詹姆斯：不要這麼說！他會好起來！醫生保證他六個月就會痊癒。

瑪　麗：你也不相信醫生的話吧！你看起來若無其事，我知道你是故意裝出來的。唉！都是我的錯。我不應該生下他。我生了他反而傷害他，讓他知道自己的母親是個毒蟲，到頭來還要恨她！

詹姆斯：（聲音顫抖）不要鬧，瑪麗，看在上帝的份上！他愛你。他知道這是你的劫數，由不得你。他以有你這個母親爲榮！（聽到開紗門的聲音，突然急促地說）別鬧，好嗎？卡士琳來了。你不想讓他看到你哭過吧。（她迅速走開，很快地揉著眼睛走向右邊窗口。卡士琳隨即出現在後面會客室門口。腳步踉蹌不穩，咧嘴傻笑）

卡士琳：（瞧見詹姆斯，有些不好意思，卻故作矜持）開飯了，先生。（忘了她的矜持，轉成和氣、親熱地和詹姆斯搭訕）你今天這麼早回來，先生。行了，這下子白莉吉不會生氣了！我本來還告訴她，夫人說你不會回家吃晚餐。（看出他眼中責備的意思）不要這麼瞪著我。就算我喝了點兒酒，也不是偷來的。是人家請我的。（生氣、矜持地扭頭就走，從後面會客室消失）

詹姆斯：（嘆口氣，重新鼓起演員的熱烈情緒）過來吧，親愛的。我們吃飯吧！我餓得像隻獵狗。

瑪　麗：（走向他，臉如石膏缺乏生氣，聲音遙遠不可及）對不起，詹姆斯，我吃不下。手好痛。我要上床休息。晚安，親愛的。

詹姆斯：（語氣刻薄）上去多注射點兒該死的毒，是吧？天沒亮就像個瘋狂的野鬼！

瑪　麗：（移步走開，茫然）你說什麼？我聽不懂，詹姆斯。你酒喝多了就會說這些齷齪、刻薄的話。你和傑米、艾德蒙一樣。（她從前面會客室消失。他站定一秒鐘，不知所措。哀傷、心碎，看起來疲憊又蒼老，從後面會客室走向餐廳）

——**幕落**——

第四幕

日暮途遠

時　間：當天午夜時分。

場　景：同前

前面穿堂燈已經關了，起居室只有桌上一盞檯燈亮著。窗外霧氣更濃。霧笛的聲音從遠方傳來，隨後由港口傳來船的鐘響。詹姆斯坐在桌旁，鼻子上架著一副眼鏡，自個兒玩著紙牌。身上穿著一件棕色的舊睡袍。盤子裡的酒瓶只剩下四分之一，桌上另有一瓶才從地窖裡拿出來的酒。他顯然醉了，笨拙、費力地瞇著眼盯著每一張紙牌，百無聊賴地玩著牌。兩眼朦朧無神，嘴巴呆滯無力的垮下來。雖然醉酒，卻不得不面對殘酷的現實。他仍然像前一幕幕落時，看起來哀傷、狼狽、蒼老，藏不住絕望、無奈的心情。幕開啓時，他剛結束一局紙牌。他笨拙地洗牌，掉了二張在地上，費力地撿回來，又開始洗牌。此時聽到有人進門，他從架在鼻子上的眼鏡向前面客廳望去。

詹姆斯：（聲音濃濁不清）誰呀？是你嗎？艾德蒙。（艾德蒙應聲：「是。」接著傳來他咒罵的聲音，好像是在黑暗的走道撞到了什麼。過了一會兒，前門走道的燈亮了。詹姆斯皺眉、喊著）把燈關了再進來。（艾德蒙不理，逕自從前面會客室走進來。他喝了酒，不過，他的酒性和他父親一樣好，除了眼神稍有異狀，說話口氣像是存心找人吵架，並無明顯醉態。詹姆斯如見救星，親熱地招呼他）你回來了，眞好，孩子。我好孤單。（繼而生氣）你自己跑出去，把我扔在這兒坐一個晚上。（怒不可遏）我剛才告訴你了，把燈關掉！又不是在開舞會。晚上這個時候，沒有必要開燈，滿屋子亮著燈，鈔票就這麼燒掉了！

艾德蒙：（生氣）滿屋子亮著燈？我只不過開一盞燈。去你的，誰家走道不留一盞燈呢？就寢之前再關就是了。（揉揉膝蓋）該死的，剛才撞到衣帽架，差點把膝蓋撞斷了。

詹姆斯：這裡的燈光就可以照到門口。要是你沒喝醉，從門口進來也夠亮的了。

艾德蒙：要是我沒喝醉？你以爲我喜歡喝醉？

詹姆斯：別人要怎麼揮霍我才不管呢！他們愛擺闊，浪費冤枉錢，隨他們去吧！

艾德蒙：不過是一盞燈而已！老天，不要這麼小氣嘛！我算過了，一盞燈亮通宵，也花不了你一小杯酒的錢！

詹姆斯：你算過又怎樣？電費單上明明白白就是要繳那麼多錢，那是白花花的銀子耶！

艾德蒙：（面對其父坐下，輕蔑的口氣）反正我算了你也不會相信。你相信的才算數！（嘲弄的口氣）好比說，你就相信莎士比亞是愛爾蘭人，還是天主教徒。

詹姆斯：（不甘示弱）他本來就是！有劇本爲證。

艾德蒙：他才不是呢！劇本也沒能證明什麼。（揶揄）還有呢！你相信威靈頓公爵也是愛爾蘭人，還是虔誠的天主教徒呢！

詹姆斯：我沒有說他虔誠。不過，他雖然背叛教會，也還是天主教徒。

艾德蒙：他才不是呢！是你一廂情願。你認爲他既然能打敗拿破崙，就一定是愛爾蘭天主教徒。

詹姆斯：我不跟你抬槓。快去把走道的燈關掉，聽到沒？

艾德蒙：聽到了。不過，我高興開著燈，怎樣？

詹姆斯：不准你這麼無禮！你到底去不去關燈？

艾德蒙：我偏不！你要當小氣鬼，不會自己去關燈？

詹姆斯：（生氣地威脅他）你聽好，我對你已經百般遷就了。你幾次做出離譜的事，我還想，你的腦袋或許有些問題，所以也沒跟你計較。我總是會原諒你，也沒打過你。可是，忍耐是有限度的。快去把燈關掉。這麼大個人，難道還要我教訓你，拿鞭子狠狠抽你一頓不成？（忽然想起艾德蒙的病，馬上滿臉不安、歉疚）原諒我，孩子。你實在不該惹我生氣。

艾德蒙：（覺得不好意思）算了，爸爸。對不起，我不該無理取鬧，大概是有點兒醉了。我去把燈關掉。（正要起身）

詹姆斯：沒關係，不必關了！（起身，腳步踉蹌，開始把頭上吊燈的三盞燈打開，帶著誇張的自憐語氣）讓每一盞燈都亮起來吧！去他的！終歸有一天會窮到要住進救濟院，這一天早來晚來都一樣。（亮起每一盞燈）

艾德蒙：（腦子裡閃過幽默的念頭，親密地笑）戲要開場了。爸爸，你的表演眞叫人驚嘆啊！

詹姆斯：（羞怯地坐下，悲從中來喃喃地說）好啊！笑那個老傻瓜吧！笨手笨腳的老演員！最後一場戲會在救濟院上演，肯定不會是喜劇收場！（艾德蒙仍然張著嘴笑，並換了話題）好了，我們不要爭論。其實，你慢慢會在生活中了解錢的價值。不像你那該死的混帳哥哥。我已經不指望他會成材了。對了，他到哪兒去了？

艾德蒙：我哪知道！

詹姆斯：我以爲你進城去找他呢！

艾德蒙：我沒去找他。我到堤岸去走走。從下午和他分開以後，我就沒再看到他了。

詹姆斯：這下可好，你該不會把我給你的錢分一半給他吧。

艾德蒙：我當然是分給他了。他有什麼也都會分給我呀！

詹姆斯：那就不必猜了，他一定去找妓女了。

艾德蒙：就算他去找妓女，又有什麼關係呢？爲什麼不能去找妓女？

詹姆斯：（不以為然，滿臉不屑）爲什麼不能？是啊！那種地方對他倒是挺合適的。除了妓女和酒，他又能有什麼美好的夢想呢？

艾德蒙：哎呀，爸爸，你要談這個話題是吧？好，那我可要溜了。（欲起身）

詹姆斯：（安撫兒子）好吧，好吧。不談就是了。天曉得，我也不喜歡這個話題。怎樣？要不要陪我喝一杯？

艾德蒙：太好了，正合我意！

詹姆斯：（把酒瓶遞給他，鬱悶地）啊！我不該請你喝酒。你已經喝夠了。

艾德蒙：（倒了一大杯，有點醉態）我是喝夠了。不過，既然你要請我，那我就不客氣了！（把瓶子遞回去）

詹姆斯：你這樣的身子，我看還是不要喝太多。

艾德蒙：管他我的身子，別提了！（舉起杯）喝酒！

詹姆斯：喝！喝個痛快。（兩人喝酒）你剛才到堤岸去，外面一定是又冷又濕吧！

艾德蒙：啊，對了！我剛才回來經過酒店，進去轉了一下。

詹姆斯：夜晚有濃霧，你不該在霧中走這麼長的路。

艾德蒙：我就喜歡霧。我就喜歡在有濃霧的夜晚散步。（聲音和神態都醉意朦朧）

詹姆斯：你應該理智一點，不該冒險。

艾德蒙：去他的理智。我們都瘋了，要理智做啥？（嘲諷地引用英國詩人道森的詩）「哭泣與歡笑，愛與恨，為時不久長；一到黃泉路，愛恨皆可忘。醇酒與玫瑰花的日子也留不住；迷夢中前路乍現，轉眼又入夢鄉。」（向前凝望）我喜歡霧。沿著小路往下走，一下子就看不見這棟房子了。就連街道也看不見了，路上看不到一個人影。一切顯得虛無飄渺。我喜歡這種感覺，好像獨自在另一個世界，在霧的世界。現實好似不存在，生命的缺憾也可以隱藏起來。走在港口對岸的河堤上，感覺好似不在陸地。一片濃霧罩著海面，海就藏在霧幕下，霧和海，海和霧，不可分離。感覺好像走在海底，被海水淹沒了，和平又安詳。（見其父斥責地瞪著他，生氣中帶著憂心。他嘲弄地笑）不要盯著我看，我沒有發瘋啦！我腦袋很清楚。誰不是身不由己，不得不面對生命的眞相？命運就像那醜陋的蛇髮女妖，看她一眼，你就會變成石頭。命運又像牧羊神，看到他你就會沒命，立刻變成鬼魂。

詹姆斯：（欣賞兒子的文采，卻有點不快）你頗有詩人氣質，可惜心態不太健康。（勉強微微一笑）我的心情已經夠鬱悶了，你千萬不要那麼悲觀。（嘆氣）忘掉這些不入流的玩意兒吧，你就不能讀一些莎士比亞的詩句嗎？莎翁的劇本裡也有好的詩句，一樣可以抒發你的心情。（用美妙的聲音念《暴風雨》中的詩句）**「浮生若夢，生命何其渺小。」**

艾德蒙：（嘲弄地）念得好！好詩。不過，我倒覺得浮生若一坨大便。既然如此，讓我們且乾杯，忘掉一切吧！

詹姆斯：（厭惡）呸！你就自個兒感慨吧！我不該給你酒喝。

艾德蒙：這酒眞夠勁兒，我看你也喝醉了吧？（親密地笑著逗他）你不是說，你從來不會因爲喝酒耽誤演出工作嗎？（不饒人）既然如此，喝醉又怎樣？我們就是不想讓腦袋清醒啊！不要互相欺騙了，爸爸。今晚就不要再騙了。你我心知肚明，我們需要藉酒澆愁。（補上一句）算了，不談這件事。反正多說無益。

詹姆斯：（無精打采）是啊！多說無益。我們只能聽天由命，每次都是這樣，不是嗎？

艾德蒙：我們就大醉一場吧！忘記這件事。（以怨恨、嘲弄的情感，大聲念出西蒙斯英譯的法國詩人包德烈的詩句）「且讓我們大醉，不要清醒。世事無須牽掛。若是你不願承受歲月的重擔，就喝醉吧！如何能不再清醒呢？醇酒、詩歌或品德？任君選擇。無論你是在宮殿的階梯上，在溝壑的青草路邊，或獨居斗室寂寞無聊時，偶爾你可以有片刻清醒，讓醉意從你身上悄悄溜走。問西風、問海浪、問星星、問飛鳥，問現在是什麼時辰；西風、海浪、星星、飛鳥會回答你：『現在是酒醉的時辰，喝醉吧，你若不願成了為歲月殉難的奴隸；永遠沉睡在醉鄉吧！喝酒，吟詩、修德性，任君選擇。』」（挑釁地望著其父笑）

詹姆斯：（故作幽默狀）你還操心什麼修德行呢？（厭惡）呸！荒誕不經的謬論！不如讀莎翁劇本。（繼而表示欣賞）不過，你念得很好，孩子。

誰寫的？

艾德蒙：包德烈。

詹姆斯：沒聽過這個人。

艾德蒙：（挑釁地笑）他還寫了一首詩，描寫傑米和百老匯那一票人的生活。

詹姆斯：那個浪子，他最好是沒趕上末班車，就讓他留在城裡過夜吧！

艾德蒙：（不理會，繼續說下去）包德烈是法國人，沒有到過百老匯。他死的時候傑米也還沒出生。但是他好像認識傑米，還知道紐約這個罪惡的城市。（朗朗念著包德烈的《尾聲》）「我心境寧靜地登上城堡，登高遠望，鳥瞰全城。只見醫院、妓院、監獄和罪惡淵藪，罪惡如花朵盛開般湧出。啊！撒旦，你這讓人痛苦的魔王，我登臨城堡不是要哭泣、哀悼。就像那心碎、癡情的嫖客，我欣然沉醉在那臭婊子的歡愉之中，那令人銷魂的美使我回春。無論你是在暗夜的睡眠中，或是換了新裝，佇立在美麗的夕陽下，我愛你，罪惡的城市。娼妓和歡場自有其樂趣，俗氣的大眾永遠不會了解。」

詹姆斯：（厭惡）污穢不堪！你的文字品味到底從哪裡學來的？猥褻、悲觀、絕望。和你哥哥一樣，又是一個無神論者。你背棄上帝，就不會有希望。這就是你的麻煩。

艾德蒙：（彷彿沒聽見，挖苦）這樣的詩句不是傑米很好的寫照嗎？他片刻不離威士忌，帶著肥胖的妓女，躲在百老匯的旅館房間。他喜歡肥胖的妓女，對著她朗誦道森的〈西娜拉〉。（嘲弄地朗朗念著，情感豐富）「整晚，我感覺到她那溫暖的心在我心上顫動。竟夜，她躺在我的臂彎裡，甜睡在愛情中。還有她那豐滿的紅唇，帶給我甜蜜的吻。然而，我心孤寂，厭倦那褪色的激情。醒來，只見曙色稀微。我忠於你，西娜拉！以我的方式。」（揶揄）那可憐的妓女一個字也沒聽進去，還心想是在侮辱她。傑米並沒有愛過什麼西娜拉，他一生也不曾忠於哪一個女人。他就躺在那妓女的懷裡，自以爲高人一等，享受「那俗氣的大眾永遠不能了解的」樂趣。（大笑）瘋狂，瘋狂到極點！

詹姆斯：（口齒不清，聲音重濁）的確瘋狂。

艾德蒙：（不理會）但是，我是什麼人，又怎能超凡脫俗？我同樣做過這些該死的事。不過，詩人道森才瘋狂呢！他喝了酒，醉了一夜，就寫了這幾行詩送給一個愚蠢的吧女，這個吧女還當他是瘋子，把他攆出去，寧可嫁給一個跑堂的男人。最後這個瘋狂的酒鬼，竟然娶了一名侍女！（大笑，一本正經，真心同情）可憐的道森。酒和結核病折磨他一輩子。（看起來沮喪、驚恐。繼而灑脫地自嘲）還是換個話題吧。

詹姆斯：（聲音重濁）你打哪兒學來的，怎麼會欣賞這種詩人呢？是你那些該死的書吧！（指著後面的小書櫃）伏爾泰、叔本華、尼采。一群無神論者，一群瘋子！還有什麼道森、包德烈、惠特曼、愛倫坡這些人。都是些頹廢墮落的人。呸！我有三大套莎士比亞呢！（頭向大書架一擺）你怎不看看這些書。

艾德蒙：（有意惹他生氣）有人說他也是酒鬼。

詹姆斯：胡說！不過，要說他喜歡喝兩杯，我倒也不會懷疑。再好的人也會有小毛病嘛！不過，我相信他會有分寸，不會喝到滿腦袋的病態想法。不要拿他和你們這些人相提並論。（又指著小書櫃）那邪惡的法國作家左拉！還有英國詩人羅塞蒂，他可是個大毒蟲！（愣住、顯得愧疚）

艾德蒙：（故意裝冷漠）還是換個話題吧。（停頓）你不能說我不懂莎士比亞。你以前專門演莎士比亞劇本，有一次你跟我打賭，賭我在一個禮拜內，要背好一個重要角色的台詞。我不是贏了嗎？還賺了五塊錢呢！

我演馬克白，你在旁邊提詞，我的台詞不是背得很好嗎？。

詹姆斯：（同意）你的確背得很好。（好玩地微微一笑，嘆口氣）不過，你把好好的台詞念得亂七八糟。當時我還眞不想聽你念下去，寧可付你錢算了。（一笑，艾德蒙也露出笑容。聽到樓上有動靜，怔了一下，驚慌）聽到沒有？她躺在床上睡不著。我還希望她睡著了呢！

艾德蒙：算了！要不要再喝一杯？（伸手取酒瓶，倒了一杯，把酒瓶擺回去。他父親倒酒時，他略帶緊張，不經意地問）媽媽什麼時候去睡覺的？

詹姆斯：你一離開她就去睡了，沒有吃飯。你爲什麼要離開？

艾德蒙：不爲什麼。（突然舉杯）喝酒！

詹姆斯：（沒有表情反應）喝酒，孩子。（詹姆斯豎耳傾聽樓上的動靜，面露驚恐之色）她大概是睡不著覺，希望她不要下樓。

艾德蒙：（無精打采）最好別下樓。這個時候她會像個鬼魂，念念不忘過去。

（稍頓，悲傷）懷念她生我以前的日子。

詹姆斯：是啊！還懷念她認識我以前的日子呢！好像她的幸福歲月，在少女時期就已經過完了。那時候她在修道院念書，每天禱告、彈琴，還有她父親寵愛著她。（痛心中帶著憤怒）其實，她那些難忘的美好時光，也未必那麼美好。她口中那個美好的家庭，其實再平凡不過了。她的父親並不是什麼高貴、慷慨的愛爾蘭紳士。不過，他倒是個好好先生，很健談，也很容易相處。我喜歡他，他也喜歡我。他的雜貨批發生意做得很成功，賺了不少錢。可是，他也有缺點。你母親不滿我酗酒，卻忘了她父親也酗酒。他四十歲開始沉迷杯中物，是個無可救藥的酒鬼。他只喝香檳，很快就喝掛了。酒和肺結核要了他的命。（停住，愧疚地望一望兒子）

艾德蒙：（揶揄）我們不要談這些不愉快的話題，好嗎？

詹姆斯：（悲傷嘆氣）我何嘗想談這個話題呢？（熱情地裝出愉快的樣子）我們來玩牌，孩子。

艾德蒙：好吧。

詹姆斯：（笨拙地洗牌）還得等傑米回來，才能鎖上門去睡覺。最好是讓他趕不上末班車。不過，不等你媽媽入睡，我也不想上樓。

艾德蒙：我也不想上樓。

詹姆斯：（兩手不停地洗牌，忘了分牌）還是那一句話，她喜歡回想過去的美好時光，你不必當眞。她想當鋼琴家，想開音樂會，這些都只是她的美夢。修女只是誇獎她，她就當眞以爲自己有多了不起。她是她們的寵兒，因爲她很虔誠。而且這些修女也太天眞了，她們不知道，那麼多看起來前途似錦的年輕人，一百萬名也不見得有一個眞能當鋼琴家。我不是說你母親念書時鋼琴彈得不好，可是，這並不保證她會……

艾德蒙：（厲聲）你怎麼不分牌，到底還要不要玩。

詹姆斯：好，分牌。（分牌，對距離的感覺抓不穩）還有，她說她原本打算當修女。不可能！你母親年輕時是個大美人。她外表矜持、羞怯，骨子裡卻有一點兒浪漫、一點兒嫵媚。她健康、活潑，對愛情有美麗的憧憬。她不適合進修道院當修女。

艾德蒙：看在上帝的份上，爸爸！玩牌吧。

詹姆斯：（拿起牌，不起勁兒）喔，我瞧瞧有些什麼牌。（各自茫然地望著手中的牌。兩人同時一怔，詹姆斯輕聲說）聽！

艾德蒙：她下樓來了。

詹姆斯：（急促地）玩我們的牌。裝作沒注意她，她馬上會再上樓。

艾德蒙：（向前面會客室望去，如釋重負）沒看到她。一定是剛要下樓，又轉身上去了。

詹姆斯：感謝上帝。

艾德蒙：可不是。她的樣子看起來一定很可怕。（痛心）她築了一道牆，把自己圍起來。更像是築一道堤防，自己躲在後面。最要不得的是，她躲在自己的世界，存心遺忘我們。她說她愛我們，可是她的行爲卻好像她怨恨我們！

詹姆斯：（為她辯護）得了，孩子。那不是她的本性，是那該死的毒品害的。

艾德蒙：（痛恨）她幹嘛注射毒品？就是要把自己圍起來躲我們嘛！。（突然）該我出牌，是吧？哪！（出牌）

詹姆斯：（漫不經心地玩著牌，輕聲責備）你這個病確實嚇壞她了。不要怪她，孩子。都怪那該死的毒品，一旦上了癮……

艾德蒙：（臉色更嚴厲。瞪視其父）她本來是不會上癮的。你叫我不要怪她，那要怪誰？要怪你！就是因爲你太小氣才會害死她。她生我的時候病得那麼嚴重，當時你如果肯花錢請個好醫生，她就不會碰嗎啡。偏偏你把她交給一個郎中，沒本事又沒良心。不顧她的死活，給她打嗎啡。因爲他收費低，你找他比較划算，是吧？

詹姆斯：（被他一句話刺傷，生氣）閉嘴！你好大的膽子！（努力壓抑脾氣）你也要站在我的立場看這件事啊，孩子。當時我怎麼會知道他是個郎中呢？他的名聲很好啊！

艾德蒙：是酒吧裡你那些酒鬼朋友推薦的吧！

詹姆斯：胡說！我請旅館老闆介紹最好的醫生。

艾德蒙：喔！你一定又在他面前叫窮，暗示他你要找收費低廉的醫生！我知道你這些伎倆，上帝，今天下午我就該知道了！

詹姆斯：（心虛）今天下午怎麼啦？

艾德蒙：先別管下午的事。我們談的是媽媽。無論你怎麼樣給自己找藉口，問題就出在你太小氣了。

詹姆斯：你胡說！馬上給我閉嘴，不然……

艾德蒙：（不理會）你發現她有嗎啡癮的時候，她只是開始，有很大的機會可以成功戒毒。你爲什麼沒有立刻把她送到醫院治療？怕花錢，對不對？你叫她要用意志力克服毒癮，根本不管專科醫生怎麼說。

詹姆斯：又胡說！我現在當然知道不能光靠意志力。可是，當時我怎麼知道呢？我對嗎啡知道多少呢？幾年以後我才發現不妙。還有，我怎麼沒有送她就醫呢？（痛心）我花了好幾千塊醫療費，都浪費掉了。她就是戒不了啊！

艾德蒙：她要怎麼戒？你沒有給她任何幫助，讓她有戒毒的動力。她沒有像樣的家，只有這個她痛恨的地方，夏天才回來住上幾個月。你不肯花錢把這個地方打點得像樣些，可是你卻花大把的銀子買地。我知道那些土地掮客告訴你，他們會替你賺大錢。這些人都是騙子，傻瓜才會上當！你跟隨劇團演戲的時候，就拖著她到處奔波，今天住這個城市，明天住那個城市。她找不到人說話，每天晚上獨自關在小旅館房間等你回來，可是你卻要等到酒吧關門，喝醉了才會回來。我的天，她怎麼戒的了呢？一想到這個，我就恨透了你！

詹姆斯：（驚訝）住嘴，艾德蒙！（隨即憤怒）你竟敢對你父親說這樣的話。你這不肖子！枉費我爲你做了這麼多事。

艾德蒙：你倒是說說看，你爲我作了什麼事？

詹姆斯：（心虛不安，不回答他的問話）你母親只要吸毒就會責怪我，你可不能當眞。我從來沒有要她跟著我到處奔波。我當然希望她能陪伴我，因爲我愛她。她會來陪我，也是因爲她愛我。而且，劇團還有很多工作夥伴，她也可以找人做伴，找人說話。何況還有孩子陪伴她呢！我還不惜花大錢，請了個保母陪伴她。

艾德蒙：（不留情）你好慷慨喔！其實是因爲你不喜歡她全心照顧我們。你想把我們支開，好獨占她的愛。又是一個錯誤！如果當時她全心照顧我，也許就……

詹姆斯：（被逼得口不擇言）如果！如果她不生你，就不會……（愧疚地停住）

艾德蒙：（突然疲憊，沮喪）就不會染毒，是不是？沒錯！她就是這麼想，對吧？

詹姆斯：（懊悔地為她辯護）她沒有這麼想！她是個愛孩子的母親。是你逼我，我才這麼說。你跟我算陳年舊帳，還說你恨我。

艾德蒙：（無精打采）我沒有這個意思，爸爸。（突然微笑，有點醉意地嘲弄他）我跟媽媽一樣，愛你愛到無可救藥。

詹姆斯：（有點醉意，咧著嘴笑）我也愛你愛到無可救藥，兒子。雖然你並不出色，不過，俗話說，孩子還是自己的好。（兩人微醉中親密地大笑。詹姆斯轉了個話題）怎麼樣？該誰出牌？

艾德蒙：該你吧。（詹姆斯出牌，艾德蒙接過去，一會兒，兩人又開始討論）

詹姆斯：你不能因爲今天聽到壞消息，就意志消沉，孩子。兩位醫生都向我保證，你如果能遵照指示，到療養院接受治療，六個月，頂多一年就會康復。

艾德蒙：（臉色又轉嚴厲）別哄我。其實你並不相信這些話，對不對？

詹姆斯：（情急）我當然相信！爲什麼不相信？哈迪和另外那位專科醫生……

艾德蒙：你老實說，你認爲我的病好不了，對不對？

詹姆斯：胡說！

艾德蒙：（怨恨）你心裡想，既然好不了，何必浪費錢呢？所以，你準備找個州立農場，把我送過去。

詹姆斯：（不安得不知所措）什麼州立農場？它叫山鎮療養院，兩位醫生都說那個療養院很好。

艾德蒙：（厲聲）你就是不想花錢嘛！不要騙我了，爸爸！你明知道山鎮是政府的社會福利機構。傑米早就猜到了，你一定又在哈迪面前叫窮，讓他推薦公立療養院。所以他下午去找他，探出眞相來了。

詹姆斯：（憤怒）那個遊手好閒的酒鬼，我會把他踢出家門。從小他就慫恿你來和我作對！

艾德蒙：所以，州立農場這件事是眞的！

詹姆斯：是你有偏見。政府辦的療養院有什麼不好呢？州政府有錢可以辦得比私立醫院好。我爲什麼不該享受該有的福利呢？我們是本州公民，這是我們的權利。何況我有財產，繳了這麼多稅金給政府。

艾德蒙：（怨恨地諷刺）是啊，你的財產可值錢了，有二十五萬美元吧。

詹姆斯：胡說！都抵押給銀行了。

艾德蒙：哈迪和那個專科醫生都知道你的財產值多少。你還裝窮，想把我送到公立療養院，去接受政府的救濟。你想，他們會對你有什麼看法！

詹姆斯：胡說！我只不過說實話，告訴他們我沒什麼財產，付不起貴族醫院昂貴的醫藥費。

艾德蒙：然後，你就到俱樂部去見馬克蓋利，他又拿一塊不值錢的土地騙你！（詹姆斯正想否認）不要再騙我了！你才離開，馬克蓋利就和我們在酒吧碰面。傑米挖苦他，說他釣到了你這條大魚，他還眨眨眼哈哈大笑！

詹姆斯：（心虛地撒謊）他胡說！

艾德蒙：不要撒謊了！（加強語氣）爸爸，我跑過船，辛苦工作賺一點小錢。

有時候身上沒有錢就得挨餓，還得在公園的板凳上過夜。所以我知道沒有錢是什麼滋味。現在，我已經知道要多體諒你，要站在你的立場思考。我知道你從小吃了不少苦。老天，在這個該死的家庭，你得處處體諒別人，否則就得進瘋人院！我自己也幹了不少壞事，也只能體諒自己。我也學著像媽媽一樣，體諒你花錢斤斤計較的習慣。可是，現在是你兒子得了肺結核耶！你居然可以當著眾人的面前，擺明了你就是死要錢的吝嗇鬼！你難道不知道哈迪會把這事兒說出去嗎？最後鎮上的人都會曉得。爸爸，你就不顧你的面子嗎？（氣極）不過你放心，我不會讓你稱心如意！我才不去什麼州立農場呢！我不會讓你省下那幾個臭錢，好多買幾畝地，你這個守財奴！（他哽咽著，聲音因憤怒而顫抖，接著一陣咳嗽）

詹姆斯：（在這一陣指責之下縮在椅中，歉疚的悔悟甚於生氣。斷斷續續地說）

不要激動，孩子！你喝醉了！我不怪你。你看你又咳嗽了。不要胡思亂想。誰說你一定要去山鎮呢？你可以到別的地方去治病。只要能治好你的病，花多少錢我都願意。不過，那些醫生想敲我的竹槓，我才不會上當呢！我哪裡錯了呢？你怎麼可以罵我是守財奴。（艾德蒙停止咳嗽，看起來疲憊衰弱。其父驚悸地望著他）你看起來很衰弱，孩子。你最好喝點酒提提神。

艾德蒙：（抓起酒瓶，倒了滿滿一杯，衰弱無力）謝謝。（一口喝下）

詹姆斯：（自己倒了一大杯喝下，酒瓶空了。垂著頭，無精打采地看著桌上的牌，語音不清）該誰出牌？（心平氣和地說下去）臭守財奴，罵得好。沒辦法，我就是愛錢。偶爾我也會在酒吧裡花錢請大家喝酒，甚至會借錢給那些喝酒的朋友，我也知道借出去的錢一定要不回來。（撇撇嘴嘲弄、藐視自己）當然啦，那是在酒吧裡，喝了酒我才會幹這種蠢事。在家裡，我的腦袋可清楚了！小時候貧困的家庭讓我知道錢的價值。我怕沒有錢，怕被送到救濟院。後來，我賺了錢，卻不敢相信眼前的好運，總是害怕哪一天我擁有的一切會消失。多買幾塊土地，就會覺得安全些。只有土地最可靠。銀行倒了，你的錢就沒了。可是，土地卻可以穩穩當當的讓你踩在腳底下。（聲音突然轉變，帶著嘲弄和不屑）你說你知道我從小吃不少苦。你知道個屁！你什麼都有。小時候我替你請褓母，你可以上學念書，還可以上大學。你有吃、有穿，什麼都不缺。哦，我知道你曾經流落異鄉，身無分文，辛苦工作卻換不了溫飽。很好，值得嘉許！可是，對你而言，這只是一場詩情畫意、好玩刺激的遊戲。

艾德蒙：（輕描淡寫揶揄幾句）好玩？我曾經在「吉米神父」酒吧企圖自殺，幾乎沒命。這是好玩的事嗎？

詹姆斯：你當時一定是神智不清。我的孩子沒有人會自殺，你一定是喝醉了。

艾德蒙：我當時很冷靜，很清醒。我冷靜思考了很久才行動。

詹姆斯：（有點醉態的惱怒）不要再發表謬論了。我不想聽。（嘲弄）你知道金錢的價值嗎？當年我才十歲，父親就撇下母親回到愛爾蘭老家。他不久就死了。他死有餘辜，該下地獄受苦。聽說他把老鼠藥當作麵粉吃下肚。有人說他是自殺，不是誤食。胡說八道。我家沒有人會自殺。

艾德蒙：我敢打賭，他一定是自殺。

詹姆斯：胡說八道！又學你哥哥。當年多虧了我母親。她帶著我，還有一個比我大一點的姊姊，兩個更小的妹妹。她就帶著四個孩子流落異鄉，舉目無親。本來我還有兩個哥哥，但是他們早就離開家，也只能勉強養活自己，顧不了我們。當年我們窮到家徒四壁，日子幾乎過不下去。那種日子可沒一點兒詩情畫意。我們還不只一次被攆出租來的小茅屋，幾件破家具被扔在街上，母親和我三個姊妹都哭了。我努力不讓自己哭出來，因爲我是家中唯一的男人。才十歲的孩子呢！當然我就沒有再上學了。起先我在工廠工作，學習製造銼刀，一天工作十二個小時。工廠像個髒亂的倉庫，一下雨屋頂就漏水，夏天又熱得像蒸籠，寒冷的冬天也沒有火爐，兩隻手都凍僵了。屋裡暗暗的，只有兩個小窗子。白天工作的時候，我必須低著頭才看得到，眼睛幾乎要碰到銼刀！這樣辛苦工作，工資才多少錢？一個禮拜五毛錢！才五毛錢！我可憐的母親日夜工作，替那些有錢的美國佬洗衣、打掃。我姊姊做針線，兩個最小的妹妹看家。我們經常沒有衣服穿、沒有東西吃。我還記得有一年感恩節，還是聖誕節，不大記得了。母親的主人送給她一塊錢當禮物。她拿著這一塊錢爲我們買食物。我永遠不會忘記當時她擁著我們，親著我們的情形。疲憊的臉上落下高興的眼淚：「榮耀歸給上帝，我們終於有這麼一次可以全家吃飽。」（擦去眼中的淚水）她是一個勇敢、溫柔的好女人。

艾德蒙：（感動）是啊！她眞是個勇敢、溫柔的好女人。

詹姆斯： 她害怕老的時候會生病，不能掙錢，生活會陷入困境。（稍停，嚴肅）小時候那些苦日子，讓我變成守財奴。那時候一塊錢對我們就算是大錢了，花一塊錢也得精打細算。所以，就算我爲了省錢，要把你送去州立療養院，你也得諒解。醫生說州立療養院很好，眞的！不過，如果你不想去，我也不會勉強你。（激動）你可以自己找一家好的療養院，不用怕花錢！我付得起。不過，得要價錢合理。（他講到這裡艾德蒙冷冷地笑。他的憤怒已消失。他父親費力裝出輕鬆的態度繼續說）那個專科醫生還介紹另一家療養院，是幾個有錢的企業老闆合資開的，主要的目的是想要照顧他們工廠的員工。不過，你是本州公民，也有資格住進這家醫院。這家醫院很有錢，你不必付多少醫療費。一星期只要七塊錢，卻能得到七十塊錢的照顧。

艾德蒙：（掩藏笑容，輕鬆地說）聽起來很划算。我喜歡這家醫院，就這麼決定吧。（突然又沮喪，無精打采）其實，去哪兒都無所謂了。（換話題）該誰出牌？

詹姆斯：（沒有情緒，脫口回應）喔！是我吧。不對，該你。（艾德蒙出牌，其父接過牌。正要出牌又停住）生活的困頓讓我把錢財看得太重了。後來就因爲一心只想要賺錢，斷送了藝術生命。（悲悽）我從來沒有向別人承認過，孩子。可是，今晚我心裡好悶，覺得人生已經走到盡頭，再沒有希望了，我又何必顧面子呢？當年我交了好運，演出一齣非常受歡迎的戲。這戲一演就是好幾年，讓我賺了不少錢。就因爲錢賺得太容易，反而害了我。我只顧著賺錢，不想花力氣嘗試其他的角色。等到我發覺苗頭不對，已經來不及了；觀眾已經認定了我只能演這個角色。因此，那幾年我只能演一個角色。演多了也就得心應手，根本不必賣力演出。就這樣把藝術才華漸漸消磨掉。當時演出一季就可以賺三萬五千至四萬元不等，賺錢還眞容易！這種誘惑太大了。演這個戲之前，我的才華受到各方肯定，算得上是美國非常有潛力的年輕演員；那可是我多年奮鬥的成果。小時候，我爲了生活拚命工作。後來因爲喜歡戲劇，就去當臨時演員。當時我雄心萬丈，努力研究劇本，把莎士比亞劇本當作聖經，還努力改掉濃濃的愛爾蘭腔。我愛莎士比亞，不計報酬演他的戲，把自己融入他偉大的詩行當中。他啓發了我的靈感，讓我的才華獲得肯定。當時我就相信終有一天我會成爲莎翁戲劇的名演員。一八七四年頂尖的莎劇演員布茲到芝加哥一家戲院演出，當時我是那家戲院的首席演員。我演凱修斯，他演布魯圖斯。隔天，我扮布魯圖斯，他扮凱修斯。我飾演奧塞羅，他飾演伊雅各，我們兩人就這樣搭檔演出。第一天晚上，我飾演奧塞羅，他對我們的經理說：「那個年青人演奧塞羅比我行！」（驕傲）那一年我才廿七歲。回想起來，那天晚上是我演藝事業的巔峰。接下來幾年，我踏著成功的浪頭繼續前進。後來我娶了你母親。你可以問問她，當年我是何等神氣。她的愛情更激起我的雄心壯志。可是，沒幾年我演了那個讓我賺大錢的戲，最後淪落為賺錢的機器。後來我才知道，當時我以為自己交了好運，其實，這個好運原來是禍，不是福。可是這戲一開始就很賣座，一季演出可以賺個三、四萬塊。（痛心）錢賺那麼多，又怎樣？還葬送了我的藝術生命。現在悔之晚矣。（失神地望了望他的牌）該我，是吧？

艾德蒙：（感動，了解地看著他父親，慢慢開口）很高興你告訴我這些事情，爸爸。現在我更了解你了。

詹姆斯：（擠出一絲勉強的微笑）也許我不該告訴你。也許你聽了這些話會更看不起我。你根本不知道金錢的價值。（隨後，彷彿這句話自然而然引起了習慣性的聯想，抬起頭看看頭頂上的吊燈）燈太亮了，刺得我眼睛難受。可以把這些燈關了嗎？不要讓電力公司賺太多錢。

艾德蒙：（想放聲大笑，壓抑住，表示贊同）那就把燈關了吧。

詹姆斯：（沉重地站起來，腳步不太穩，摸索著要關燈，又回到原來的話題）當年我拼命賺那麼多錢，到底想做什麼？（喀擦一聲關掉一盞燈）往事如煙，不勝唏噓！想當年我是多麼優秀的演員。（關掉第二盞燈）其實，就算老年窮到無以安身，要去住救濟院，又有什麼大不了呢？（又關上第三盞燈，只剩看書的燈還亮著，接著沉重地坐下來。艾德蒙忍不住，嘲弄的大笑。詹姆斯不悅）笑什麼？

艾德蒙：我不是笑你！爸爸。我是笑人生太荒謬。

詹姆斯：（咆哮）亂來！跟人生沒有關係。是我們自己的問題。（背誦《凱薩大帝》的台詞）**「錯誤不能歸諸命運，親愛的布魯圖斯，是我們自己甘居人下。」**（稍停，悲哀地）布茲對我扮演的奧塞羅讚美有加。我叫經理把他的話原原本本抄下來，帶在皮夾子裡好多年。偶爾拿出來看，想起當年，唉！不堪回首。那張字條在哪兒呢？記得我有收起來。

艾德蒙：（嘲弄的傷感）也許收在頂樓的舊箱子裡，和媽媽的結婚禮服放在一塊兒。（他父親望著他，他趕緊補上一句）我們到底要不要玩牌？該你了。（拿起父親出的牌。過了一會兒，詹姆斯停住。聽著樓上的動靜）

詹姆斯：她還在輾轉反側睡不著。天知道她什麼時候才會入睡。

艾德蒙：（緊張地懇求）爸爸，別理她！（他伸手取酒杯，詹姆斯本來想阻止，後來作罷。艾德蒙喝酒，放下酒杯，表情改變。好像故意要喝醉，想要躲在酒後的傷感之中）唉！她在樓上輾轉難眠，離我們好遙遠，像個鬼魂在逝去的歲月裡飄蕩。我們在樓下裝作若無其事，卻豎起耳朵細聽樓上的動靜，聽著霧氣變成水滴從屋簷滴下來的聲音，像故障的時鐘不規則的滴答響。像妓女戶那些送往迎來的妓女，傷心的眼淚滴落在餐桌上那灘走味的啤酒裡，濺起了滴滴答答的聲音。（得意的笑）怎麼樣？最後一句還不錯吧？這可是我的神來之筆，不是抄別人的。（酒後傷感多話）剛才你告訴我過去的輝煌事蹟。要不要聽我的故事？全都是航海的故事。有一年，我在一艘開往布宜諾斯艾利斯的北歐商船工作。那天晚上圓月高掛天空，我面向船尾躺在甲板上，船底下水花濺起層層泡沫，桅杆上掛著片片白帆，在頭頂飄揚。在這一片美麗的景色當中，我忘記自己，忘記世間一切紛擾，心靈完全釋放！我彷彿溶入海中，變成白色的帆和飛揚的浪花，變成美妙的旋律，變成月光、船隻，遁入星光閃閃的夜空！沒有過去，沒有未來，只有當下的寧靜和喜悅。知覺生命的存在，歸屬於上帝。還有一年，在美國航線上，晨曦中，只見一片寧靜的大海。海浪慢慢翻滾過來，船身隨著海浪輕輕搖擺。旅客還在睡夢中，也不見水手的蹤影。沒有人聲，只有背後的煙囪冒著黑煙。我感覺被世人遺忘，脫離塵世。我看著晨曦像彩色的夢，爬上海面、爬上天空，然後海和天緊緊相擁，一起沉入夢鄉。我陶醉在悠然忘我的境界之中，彷彿此時此地就是我最後的歸宿，人世間種種齷齪、貪婪、恐懼、夢想都不存在了。這一刻，我暢快地優遊在海裡；下一刻，我獨自一人躺在堤岸上。我變成了太陽、沙灘，變成綠色的海草牢牢攀在岩石上，隨著海浪搖擺。這一刻，我看到了宇宙神奇的奧秘；下一刻，我又回到現實，孤孤單單地迷失在濃霧之中。（苦澀地一笑）其實，我不該生而為人！我若是一隻海鷗，或是一尾魚，一定會過得更快樂。我和這個世界格格不入，我的生命沒有目標，沒有歸屬。我愛上了死亡。

詹姆斯：（望著他，感動又讚佩）孩子，你很有詩人氣質。（隨後又不安地抗議）可是，不要說什麼沒有目標，說什麼愛上死亡的話。胡說八道！

艾德蒙：（揶揄）詩人氣質？恐怕只有神經質吧。（稍停。屋外有聲響，好像有人在前面台階上絆了一跤，兩人同時倏地一驚，站起身。艾德蒙笑一笑）嘿，好像是哥哥回來了。他一定又喝醉了。

詹姆斯：（怒容滿面）那個浪蕩子！還是讓他趕上末班車了。（站起身）扶他上床，艾德蒙。我要到陽台上去。他三杯黃湯下肚，嘴巴就會像毒蛇一樣惡毒，看到他就讓人生氣。（傑米進來，廳裡的前門在他身後砰然一聲關上，詹姆斯走到側面陽台上。艾德蒙有趣地看著傑米從前面會客室走進來。他爛醉如泥，步態踉蹌，滿臉通紅，語無倫次，嘴角帶著邪惡的笑意）

傑　米：（在門口搖搖晃晃，大聲）我回來了！

艾德蒙：（大聲）你鬼吼鬼叫什麼！

傑　米：（對著他眨眼睛）嗨，小傢伙。（一本正經）我醉了。

艾德蒙：（沒好氣）看到了。還要你告訴我嗎？

傑　米：（傻氣地咧著嘴）算我多嘴了。（彎腰拍拍膝蓋）真倒楣，門前的台階想踹我一腳，躲在濃霧裡偷襲我。咦！門口不是有一盞燈嗎？怎麼連屋子裡頭也不開燈呀！（皺眉瞪眼）這是什麼地方，黑漆漆的，是墳墓嗎？（搖搖晃晃走向桌邊，口中念著英國詩人基布林的詩）「**淺灘，淺灘，卡布兒河的淺灘，卡布兒河淺灘在黑暗中。沿著渡河的標**

椿，就會領著你渡過卡布皃河淺灘，在黑暗中。」（在黑暗中摸索著，吃力地把燈架上的三盞燈一個一個打開）咦！那個老守財奴在哪兒？

艾德蒙：在外面陽台。

傑　米：（目光停留在滿滿一瓶威士忌上。胡亂伸手抓酒瓶）上帝！老頭子今天晚上是怎麼啦！他一定是醉了，居然把酒擱在外面。機不可失，此時不喝，更待何時。（倒了一大杯，酒滿出來）

艾德蒙：你喝醉了。再喝你就不省人事了。

傑　米：咦！小孩子倒說得出聰明話來。放心，我不會醉！小傢伙。你大概也喝醉了吧！（往椅子上一歪，高高舉起酒杯）

艾德蒙：好吧。不怕死就算了。

傑　米：不怕。喝不死人啦。乾啦！（飲酒）

艾德蒙：把瓶子推過來。我也想喝一杯。

傑　米：（突然帶著哥哥對弟弟的擔心，緊抓著瓶子）不准你喝酒，記住醫生的吩咐。別人不在乎你的死活，我在乎！我的小弟弟，我好愛你。我這一生，什麼都揮霍掉了，就只剩下你。（把酒瓶推近身邊）不准你喝酒。（酒後傷感，還有真心的關切）

艾德蒙：（煩躁）喂，把瓶子給我。

傑　米：（臉沉了下來）你不相信我關心你，你認爲我喝了酒說醉話。對吧？（把瓶子推過去）算了，你高興就好。

艾德蒙：（見他難過，親密地說）我知道你關心我，傑米，我聽你的話就是了。可是今晚我一定要喝，今天發生太多事情了。（倒酒）乾啦！（喝酒）

傑　米：（清醒過來，憐憫的眼神）我知道，小傢伙，你今天一定不好過。（諷刺）我敢打賭，老傢伙沒有叫你不准喝酒。他應該會給你一紙證明，讓你去專門收容貧民的州立農場報到。反正你早點翹辮子，他就可以省點錢。（帶著卑視的仇恨）怎麼有這種爸爸！上帝，有誰會相信呢？

艾德蒙：（為父親辯護）爸爸的想法也有道理啦！你要多體諒他。

傑　米：（不平）他就會在你面前哭哭啼啼。他騙的了你，可騙不了我。（緩緩地說）老實說，媽媽吸毒這件事，我還真心替他難過。可是，說起來也是他自作自受。（抓起酒瓶又倒了一杯，醉醺醺）喝了這一杯應該就會醉倒，那就什麼事都不知道了。我從哈迪那兒打聽出來了，這家療養院是個救濟院。這件事你有沒有告訴老傢伙？

艾德蒙：（不情願地回答）有。我告訴他我不去那個療養院，他同意了。他還說我想去哪兒都行。（心平氣和地微微一笑）當然啦，只要價錢合理。

傑　米：（帶著醉意學他父親的話）當然啦，孩子，只要價錢合理。（嘲諷）他一定要你另外找一家便宜的療養院。他是老賈斯巴德，就是《鐘聲》裡面那個守財奴，他演這個角色就是演自己，連妝都不必化。

艾德蒙：（不悅）閉嘴！你這個老賈斯巴德的故事我已經聽太多次了。

傑　米：（聳肩，語音重濁）好吧，你高興就好，就聽他的吧！我可不希望你送了性命。

艾德蒙：（換話題）今晚你在城裡做什麼？去瑪咪的妓院了吧？

傑　米：（醉意極濃，頻頻點頭）那是當然啦！不去瑪咪妓院，我要到哪兒找適合的女人陪我呢？還有愛，別忘了愛。男人如果沒有個好女人愛他，會是一個空殼子。

艾德蒙：（昏沉沉地咯咯大笑，放鬆心情）你這個瘋子！

傑　米：（很有韻味地念著王爾德的《妓女屋》）**「我轉頭對我的愛人說：『死**

者和死者在跳舞，塵土和塵土在一起飛揚旋轉。』但是她，她一聽到小提琴的聲音，就離開我進屋去了；愛情走進情慾之屋去了。」（中斷，聲音重濁）猜猜看，在瑪咪妓院那些美女當中，我挑的是哪一個？我讓她女性的愛滋潤我。你聽了會笑死，小傢伙。我挑了胖姐羅蘭。

艾德蒙：（醉意闌珊地笑）你說笑吧？不過，挑得好！老天，她應該有一頓重吧？爲什麼是她？開玩笑吧！

傑　米：不是開玩笑。我進瑪咪妓院時，爲我自己，還有世界上所有和我一樣沒出息的人感到很難過。我打算隨便找個老女人，在她的懷裡好好哭個痛快。我一踏進門，瑪咪就開始向我訴苦。她說生意很不好做，她打算請胖姐羅蘭捲鋪蓋走路。客人都對她沒意思，她讓她留下來的唯一理由是，她會彈鋼琴。最近羅蘭愛喝酒，經常喝得爛醉，不能再彈琴了。她知道羅蘭心腸好，可是生意歸生意，同情歸同情，她實在沒有能力收容這個胖妓女。哎！我心腸太軟，當下就拿了你給我的兩塊錢把她送上樓。我並不想跟她怎樣。雖然我喜歡胖一點的女人，可是不能像她那麼胖。我只想找個人談心，傾訴生命中無止盡的悲哀。

艾德蒙：（醉意闌珊地咯咯大笑）可憐的羅蘭，我打賭你一定念了基布林和道森的詩獻給她：**「我忠於你，西娜拉，以我的方式。」**

傑　米：（咧著嘴）當然啦！還襯著柔美的音樂。後來她明白我帶她上樓是開玩笑，就破口大罵。她說我是一個無聊的酒鬼，比她好不了多少。然後她就哭了。我只好告訴她我愛她，因爲她體態豐滿。她還是不相信，最後我只好陪她睡了。她這才開心。我要走的時候她還親我，說她喜歡我。我們還在走廊上哭了一會兒，一切都功德圓滿。不過，瑪咪說我是個瘋子。

艾德蒙：（揶揄地念著）**「妓女和歡場自有其樂趣，俗氣的大眾永遠不能了解。」**

傑　米：（帶著醉意點頭）完全正確！樂趣無窮。你今天下午應該跟著我，小傢伙。瑪咪還問起你，聽說你生病，她還很難過呢。（稍停，帶著酒瘋，以演員的腔調，笨拙地說）今晚我看到了美好的未來。除了舞台，我還有更好的出路。所以，我要把表演藝術歸還給會要把戲的海狗，我要好好發揮上帝賦予我的才華，我一定會成功。我喜歡百利特技團那個體態豐滿的女郎，我要當她的情人！（艾德蒙笑了，傑米帶著傲慢不屑的口氣）我何必在妓院那個胖女人身上糟蹋自己。過去有多少百老匯漂亮的女明星想獲得我的青睞！（念出基布林的詩《流浪王孫的西施蒂娜》）**「說起來，我已踏遍天涯，走過世間每一條幸福大道。」**（濃濃的憂鬱）沒有這麼便宜的事兒。幸福大道是騙人的，令人疲憊的路倒是眞的。沒有前途！一事無成！到頭來我們都一樣，一事無成。不過，我們這些笨蛋都不肯承認。

艾德蒙：（揶揄地）行了！你馬上要哭了。

傑　米：（一怔，帶著痛苦、敵意的眼神看他弟弟，一會兒，語音重濁）我發什麼牢騷？胖姐羅蘭是個好女孩，今晚陪伴她也算是做好事。我的善行安慰了她寂寞的心。尋歡作樂，把一切煩惱都丟開。不必回家來面對無奈的事。晚了，一切都太晚了。沒有一點希望！（頓住，醉醺醺地垂下頭、閉眼，接著突然抬起頭，沉著臉嘲弄地念）「**如果我被吊死在山上，我的母親，啊，我的母親！我知道她的愛仍然跟隨著我……**」

艾德蒙：（粗聲）閉嘴！

傑　米：（充滿了恨意、冷酷、譏刺的聲音）那個毒蟲在哪兒？她睡了嗎？（艾

德蒙像是突然挨了一擊。空氣緊張、沉悶。他看起來疲倦、驚悸、衰弱。站起來，非常憤怒）

艾德蒙：你這個齷齪的王八蛋！（重重地給他哥哥一巴掌。傑米從椅子上起身準備狠狠地打一架，突然，他清醒過來，意識到他剛才說錯話了，遂無力地又坐了下來）

傑　米：（沮喪）謝謝你，小傢伙。是我不對。我不該喝了酒就胡言亂語。

艾德蒙：（火氣上升）我知道你沒有惡意。可是，傑米，不管你喝得怎麼醉，都不應該說那樣的話。（頓住，沮喪）我不該打你，對不起。我們倆從小感情好，沒打過架。（跌坐在椅子上）

傑　米：（聲音沙啞）沒事，你打得好。我這個舌頭這麼毒，最好把它割掉。（臉埋在手心，無精打采）可是我好灰心，這一次媽媽可眞騙過我；我原本還以爲這一次她眞的戒了。她說我總往壞處想，可是這一次我卻一廂情願往好處想。（聲音抖著）叫我怎麼原諒她呢？我原本已經開始覺得有希望。心想要是她能把毒品戒了，那我也可以戒酒。（低聲哭泣，可怕的是，他這一聲聲哭泣似乎很清醒，並非醉後傷感的眼淚）

艾德蒙：（把眼中的淚水收回去）我了解你的感覺，傑米！

傑　米：（努力忍住哭泣）媽媽吸毒的事我比你更早知道。我忘不了第一次看到她打針的震撼。天啊，我做夢都沒有想到，除了妓女，還有哪個女人會吸毒！（停住）偏偏你這小傢伙又染上了肺結核。我哪受得了這個打擊啊！我們不僅是兄弟，還是好哥兒們。我愛死你了。

艾德蒙：（伸手拍拍他的手臂）我知道，傑米。

傑　米：（停止哭泣，遮著臉的雙手放下，非常痛心）你一定聽媽媽和那老傢伙在你面前瞎說，他們認為我心眼兒壞。你也許認為我心裡在盤算著家裡的財產。反正爸爸老了，也活不了多久。要是你也死了，媽媽和我就會得到他的全部財產。所以，你耽心我會希望……

艾德蒙：（生氣）閉嘴，你這該死的笨蛋。你怎麼會有這種想法呢？（責備地瞪著哥哥）怎麼有這麼離譜的想法呢？

傑　米：（不知所措，又露醉態）你們不是都說我凡事往壞處想嗎？我就是這樣，沒辦法。（帶著醉意，生氣）你想怎樣，想教訓我嗎？別在我面前賣弄了，我對生命的體會比你深刻多了。別以爲憑你念過幾本深奧的書，就可以唬得住我！你只是個大娃娃！媽媽的寶貝，爸爸的寵兒！我們家的「白色希望」！最近你可神氣了！就憑在那鄉下小報登的幾首詩？去你的。我大學就出名了，當年我的文章就刊登在校內的文學刊物，肯定比你那幾首詩好呢！醒醒吧！你不會有多大出息的。不要聽那些鄉巴佬幾句言不由衷的話，就以爲你的前途大好。（突然，聲音轉成悔恨。艾德蒙把視線從他身上移開，不理會這一篇慷慨激昂之詞）好吧！小傢伙，我說眞心話吧。其實我以你爲榮，你年紀輕，又有才華。（醉意闌珊）從小我就教你認識這個世界。我教你認識女人，讓你不會上她們的當，不會犯下不該犯的錯！第一個教你讀詩的人是誰？是我！我以前想當作家，就想辦法影響你，希望有一天你會成爲作家！你不但是我弟弟，你還是我創造的人。你是我創造的弗蘭肯斯坦！我創造了你，你卻毀了我。（漸漸有點酒醉狂妄。艾德蒙有趣地張著嘴笑）

艾德蒙：好吧，我是你的弗蘭肯斯坦。喝酒！（笑著）你這瘋子！

傑　米：（口齒不清）我喝，可是你不准喝。我一定要好好照顧你。（張口傻笑，伸手抓住弟弟的手）不要把療養院這件事放在心上。你一定可以戰勝病魔，只要住個半年，你的病就可以好了。也許你根本沒有肺結核。醫生都是騙子。幾年前還叫我一定要戒酒，否則活不了多久。他們都是騙子，千方百計騙你的錢。我打賭州立農場這個勾當，一定有問題。醫生把病人送到那家療養院去，一定可以拿回扣。

艾德蒙：（厭惡又覺得有趣）這種勾當你最在行了。即便是最後的審判日，你也一定有辦法讓上帝不會懲罰你。我們都相信你做得到。

傑　米：這還用懷疑嗎？。偷偷塞幾個錢給主審官上帝，我就可以得救了。沒錢的人就會給送到地獄去！（為這句不敬的話張嘴一笑，艾德蒙只得陪他笑。傑米又倒了一杯酒，一口飲盡。朦朧醉眼深情盯著他弟弟，握住他的手，真誠地說）聽著，小傢伙，你就要離開家了。我們再沒有機會談心事了。所以，我現在必須告訴你一件事。其實我早就該告訴你了。（稍停，掙扎著。艾德蒙瞪著眼，不安。傑米脫口而出）我現在是酒後吐眞言，你要聽好。我警告你，你對我要有所防備。爸媽說得沒錯，是我把你教壞了。我不安好心，故意要教壞你。

艾德蒙：（不安）閉嘴！我不要聽。

傑　米：小傢伙，你仔細聽！我是存心讓你變成像我一樣沒出息的癟三。我說我要開導你，要你從我的錯誤當中得到教訓，這些都是騙人的鬼話。我不過是想替自己荒唐的行爲找藉口。明明是酗酒，我還讓你覺得是詩情畫意的浪漫。我騙你說那些妓女有多迷人，其實她們又笨又懶。我還嘲笑那些努力工作的人，說他們是傻瓜。我怕你表現太好，會讓我相形之下更沒出息。你是媽媽的寶貝，爸爸的寵兒！（瞪視艾德蒙，敵意更深）媽媽還因爲生了你才開始吸毒，我知道這不是你的錯，可是，我還是恨你，你該死！

艾德蒙：（幾乎被嚇壞了）傑米！閉嘴！你瘋了！

傑　米：別誤會，小傢伙。我恨你，但是我更愛你。就因爲我愛你，我才會告訴你眞心話。也許你會恨我，可是你是我最珍愛的小弟弟。唉呀！我扯遠了，不該說我恨你這種話。言歸正傳。我希望你能展現你的才華，做出一番大事業。可是你要小心防著我，不要被我毀了。沒辦法，我也討厭自己，滿腦子想報復的念頭。劇作家王爾德在他的詩作《里丁監獄之歌》說：人死了就要毀掉他所愛。我是天生的壞胚子。既然這個壞胚子已經毀了，就要把你也毀了，所以我希望你的病好不了。我甚至認爲媽媽又被那玩意兒纏上是她活該！我要有人作伴，不想成爲家裡唯一的死人（痛苦地一笑）

艾德蒙：天啊，傑米！你瘋了！

傑　米：你離開家住到療養院的時候，可要好好想一想，想想要怎麼對付我。你就當作我已經死了。你可以告訴別人：「我有個哥哥，可是他已經死了。」你要小心，不要讓我毀了你。等你病好了，從醫院回家的時候，我會等著歡迎你，見面就和你敘舊，向你伸出友善的手，卻抓住機會，從背後捅你一刀。

艾德蒙：閉嘴！不要胡扯。

傑　米：（好像沒聽見似的）一定要記住我的警告。沒有人像我一樣有這麼偉大的愛，把自己的兄弟從自己設下的陷阱當中救出來。（大醉，頭不停地擺動）我的話說完了，好不容易可以一吐為快，夠痛快！你不會怪我吧？小傢伙。你應該知道我對你的心意。一定要把病治好，不要被我毀了。上帝保佑你，小傢伙。（閉上眼，含糊其辭念著）最後一杯，喝死也罷。（醉意闌珊打著盹兒，卻未完全睡著。艾德蒙沮喪地把臉埋進雙手。在陽台上的詹姆斯從紗門悄悄走進來，霧氣沾濕他的睡衣，領子高高地豎起來圍著脖子，滿臉厭惡的怒氣，帶著些許憐憫。艾德蒙沒有注意到他走進來）

詹姆斯：（低聲）感謝上帝，他睡著了。（艾德蒙一驚，抬頭看）我還以為他會鬧個不停呢。（把睡衣領子翻下來）我們最好讓他在這兒睡一覺。（艾德蒙不吭聲。詹姆斯仔細端詳他，繼續說）他最後那幾句肺腑之言我都聽到了。我也警告過你，希望你小心提防他。（艾德蒙仍不動聲色。詹姆斯憐憫地加上幾句）不過，別太放在心上，孩子。他喝了一點酒，故意說自己是個大壞蛋。你也知道他有多愛你。（痛心地低頭看著傑米）眞是丟臉！他可是我們家的長子呢！我原本還指望他會光耀門楣。小時候他很出色，看起來前途大好呢！

艾德蒙：（沮喪地）不要吵好嗎？爸爸。

詹姆斯：（倒杯酒）敗家子，酒鬼，他這輩子沒指望了！（喝酒。傑米開始不安地蠕動，意識到其父已經進來，掙扎著想清醒過來。此時睜開眼，抬頭對著詹姆斯眨眼。詹姆斯警覺地退後一步）

傑　米：（突然指著詹姆斯，以戲劇化的強調語氣念著）「**克萊倫斯來了，虛偽、善變、不守誓言的克萊倫斯，在杜克斯貝里河之濱的原野刺殺我。拿住他，復仇的冤魂，不能饒了他。**」（憤恨）你瞪著眼看什麼？（揶揄地念著羅賽蒂的詩句）「**好好看清楚我這張臉。我的名字是『原本可以』；又叫做『不可能了』、『太遲了』、『永別了』。**」

詹姆斯：這個我清楚得很。瞧你，丟人現眼！

艾德蒙：爸爸！不要理他！

傑　米：（愚弄）給你一個好主意，爸爸。今年劇團要是再演出「鐘聲」，你可以演戲中那個大角色，連妝都不必化。演老賈斯巴德，就是那個守財奴。（詹姆斯轉身走開，努力克制脾氣）

艾德蒙：閉嘴！傑米！

傑　米：（揶揄地）什麼偉大的演員！還不如一隻訓練有素的海豹。海豹又聰明又老實，不會端出什麼表演藝術的架子來騙人。他們承認自己只是無知的小演員，只不過想要吃幾條小魚，就得乖乖工作。

詹姆斯：（被一語刺破，大為光火，轉向他）你這個混帳！

艾德蒙：爸爸！你再大聲叫，媽媽就要下來了。傑米，快去睡吧！你也鬧夠了。

（詹姆斯轉身走開）

傑　米：（口齒不清）好吧，小傢伙。我好累。（閉上眼，頭往下垂。詹姆斯走向桌旁坐下來，把椅子轉過去不看傑米）

詹姆斯：（沉重地）希望她快快入睡，我也好去休息。（瞌睡貌）累死了，不能像以前整晚不睡覺了。老了，不行了。（打了個好大的呵欠）眼睛睜不開，我想睡一下。你也睡一會兒吧，艾德蒙。我們等她……（聲音漸漸停了。眼睛閉上，下巴鬆弛地下垂，開始以嘴巴沉重地呼氣、吸氣。艾德蒙緊張地坐著。他聽到動靜，身體緊張地猛然前傾，仍舊坐在椅子上，望著前面會客室，望向前面走道。慌張地猛然站起來。剎那間，似乎想往後面會客室躲。片刻又坐下來，兩手緊抓著椅子的把手。突然有人打開牆上的開關，前廳吊燈上的五盞燈都亮了。過了一會兒，傳來鋼琴的聲音，是華爾滋旋律，那是蕭邦一首曲子的前奏。指法有些僵硬、生疏，聽起來就像一個小女孩第一次練習彈琴。此時詹姆斯完全清醒，面露恐懼之色。傑米的頭突然擺正，眼睛張開來。他們三人緊張地聽著。片刻後，琴聲突然斷了，接著瑪麗出現在起居室門口。她穿著睡衣，罩著一件天藍色的睡袍，腳上穿著一雙鑲著絲球、很別致的拖鞋。臉色更蒼白了。一雙大眼睛閃閃發亮，像兩顆光滑的黑寶石。她的臉看起來非常年輕，歲月的痕跡完全被抹去了，就像戴著少女的面具，一臉天真，嘴角還掛著一抹羞澀的微笑。一頭白髮編成兩條長長的辮子落在胸前。手臂上掛著一件白緞結婚禮服，過時的款式，還鑲著華麗的花邊。她拎著這件禮服走進來，任由它在地上拖行。走到門口，她停下腳步，環視屋內，眉頭困惑地皺著，好像要進來拿東西，卻忘了究竟要拿什麼東西。他們瞪著眼看她。她彷彿沒看見他們，就好像他們是家具，或是窗子）

傑　米：（打破這一片死寂，採取自衛的姿態，痛心地諷刺著）現在為大家演出《哈姆雷特》劇中瘋狂這一場戲，女主角奧菲麗亞進場！（其父和其弟兩人狠狠地轉眼看他。艾德蒙反應更快，賞了傑米一巴掌）

詹姆斯：（聲音因壓制的憤怒而顫抖）打得好，艾德蒙。講這麼惡毒的話！自己的母親呢！

傑　米：（覺得罪過地咕噥著，並不生氣）好吧，小傢伙。該來的還是來了，我

們就面對吧。可是，我原本還指望……（雙手掩面開始低聲啜泣）

詹姆斯：我明天就一腳把你踢出去。（看到傑米哭，他怒意全消，轉過頭，聳聳肩，請求地說）傑米，別哭了。（接著，瑪麗說話了，氣氛再次凝結，一片死寂。三人瞪著她看，她絲毫不理會，好像他們都是屋裡的擺設，她早就習慣了。她好像對自己說話，故意大聲說）

瑪　麗：太久沒練琴了，彈得不好。特莉莎修女一定會罵我。她會說我不該偷懶，這樣太對不起我父親了。他可是花好多錢請老師指導我，用心栽培我，我不能對不起他，以後要每天練習。可是我的手指頭變得這麼僵硬。（她舉起雙手，驚悸、困惑地仔細瞧著）關節變這麼粗，這麼難看。我必須去醫務室找修女。（甜蜜地微笑）她上了年紀，有點牛脾氣，可是我還是很愛她。她的藥箱子裡有各種寶貝，可以治百病。她會給我擦藥，然後叫我對著聖母禱告，這樣我的手馬上就會好了。

（她走進房間，禮服還拖在地上。環顧屋內，皺著眉頭）我想想看，我要找什麼呢？怎麼會變得這麼沒記性。

詹姆斯：（壓著聲音小聲說）她手上拿的是什麼？艾德蒙。

艾德蒙：（懶懶不起勁兒）我想是她的結婚禮服吧。

詹姆斯：神啊！（他站起身，走到她面前擋住她，哀傷）瑪麗！不要再鬧了！（克制自己，溫柔地哄著她）給我，我來拿，親愛的。你會踩到這件禮服，在地上拖得髒兮兮的可不好。（她把禮服交給他，望著他好像不認識，面無表情）

瑪　麗：（像個有教養的小女孩，羞怯有禮）謝謝你，你眞好。（她困惑地望著那件禮服）這是結婚禮服，很漂亮吧。（臉上掠過一抹陰影，看起來有點不安）我想起來了。我在頂樓找到這件禮服，就收在箱子裡。可是，我要禮服做什麼呢？我不是打算當修女嗎？（環顧室內，眉頭

又皺起來）我要找什麼呢？到底是什麼東西不見了。（把詹姆斯往後推，不讓他擋路）

詹姆斯：（絕望地哀求）瑪麗！（仍然引不起她的注意。她似乎沒聽見。他無助地放棄，頹然瑟縮，連醉態都不見了，顯得疲倦、絕望，跌坐在椅子上，像個傻瓜，手上提著那件結婚禮服，溫柔地想照料她）

傑　米：（遮著臉的手放下來，兩眼看著桌面。突然清醒過來，冷冷地說）沒有用的，爸爸。（他念著史溫波恩的作品《告別》中的詩句，雖然念得很好，卻帶著痛苦和感傷）「**讓我們起身告別；她不會知道。讓我們隨著風走向大海，看飛揚的海沙和岸邊白色的浪花。奈何已然無能為力，世界像淚水一般苦澀。你用盡一切方法想告訴她真相，她卻不會明白。**」

瑪　麗：（環顧四周）我思念的東西，不能就這樣不見了。（她開始在傑米坐的

椅子後頭團團轉）

傑　米：（轉過頭看到她的臉，不由得哀求她）媽媽！（她似乎聽不見。他絕望地移開視線）唉！有什麼用呢？沒有用了。（更痛心地念著《告別》中的詩句）「走吧，帶著我的歌聲走吧；她不會聽到的。我們一塊兒走，不要害怕；我們靜靜地離開吧，歡樂時光已經過去了。美好的歲月一去不復返。我們大家都愛她，但是她既不愛你也不愛我。儘管我們在她耳邊如天使般歌唱，她也不會聽到。」

瑪　麗：（環顧周圍）找不到了，怎麼辦？一定要找到，不然我會寂寞，會孤單，還會恐懼。失去它就沒有希望了。（她像夢遊般走動，在詹姆斯坐的椅子後面團團轉，然後從艾德蒙背後向前走到左前方）

艾德蒙：（激動地轉身抓住她的手臂。像小孩子受傷般驚慌失措）媽媽！我的病不是夏天的小感冒！我得了肺結核！

瑪　麗：（剎時間，這句話似乎刺到她的心。她顫抖，露出驚悸的表情。慌亂地叫喊，堅決不肯接受）我不要！（隨即她的心思又遠離，輕聲咕噥著）你不要碰我，不要拉我。我要當修女，你不能碰我。（摔開他的手，向左走到窗下沙發，坐了下來，面向前方，兩手疊在一塊兒擱在膝上，擺出一付女學生的規矩姿態）

傑　米：（投給艾德蒙一個混合著憐憫與幸災樂禍的眼色）你這個傻瓜，沒有用的。（繼續念著史溫波恩的詩句）**「我們走吧，她不會看見的。讓我們再一次一同歡唱吧；想起往日的歡笑和蜜語，她會轉頭望著我們，輕聲嘆息；然而我們已悄然離去，芳蹤難尋。儘管看見的人都憐憫我，她卻不會看見。」**

詹姆斯：（努力抖落睡意）哦，不要管她。是該死的毒品在作怪。不過，她這一次陷得太深了。（粗暴地）把酒瓶遞給我，傑米。不要再念那些怪裡怪氣的詩了。（傑米把酒　CCCC瓶推向他。詹姆斯給自己倒了一杯，手臂上還小心翼翼掛著結婚禮服。把瓶子又推回去。傑米也給自己倒了一杯，再把瓶子推給艾德蒙，他也倒了一杯。詹姆斯舉杯，兩個兒子跟著舉杯。此時瑪麗又說話了，他們緩緩放下酒杯置於桌上）

瑪麗：（夢也似地望著前面。臉部看起來格外年輕，格外天真。她大聲對自己說話，嘴角掛著一抹羞怯的微笑）我和院長伊莉莎白修女談過了。她多麼親切，多麼善體人意。她是人間聖者，我好愛她。我愛她甚於愛我自己的母親。她總是不用你開口就能了解你。在她面前你是保不住秘密的，騙不了她。（她頭輕輕一歪，帶著少女的嬌嗔）可是，這一次她並沒有明白答覆我的請求。我告訴她我要當修女，我的信仰很堅定。我還告訴她我到法國盧德島那一次，在聖母教堂看到聖母顯像。我跪下來禱告，看到聖女在微笑，賜福給我。可是伊莉莎白院長告訴我，我必須有更堅定的信仰。她說如果我有堅定的信仰，應該可以接受考驗。所以她要我畢業之後回家去，像一般女孩子一樣過日子，參加宴會、開心地參加舞會。一、二年之後如果我的信仰沒有動搖，可以回來見她，那時我們再討論。（生氣）我做夢都想不到院長會給我這樣的建議！不過，我還是告訴她我願意遵照她的建議。我知道我的信仰絕對不會改變。離開她之後，我心裡感到很困惑，就到神殿對著聖母禱告，才又尋回心裡的安寧，因爲我知道聖母聽到了我的禱告。只要我對她的信仰不動搖，她就會永遠愛我、保護我、讓我不受傷害。（稍停，不安的神色在她臉上出現。舉起一隻手在額頭上抹了一下，好像要抹去塵封的舊事，臉上一片茫然）這件事發生在我要畢業那年的冬天。可是，隔年春天情況就不一樣了。啊，我想起來了。我愛上詹姆斯·泰隆。因爲他，有好一段日子，我覺得好幸福、好快

樂。（她陷入悲傷的夢，兩眼凝視前方。詹姆斯在椅子上坐立不安。艾德蒙和傑米仍然一動不動）

——幕落——

第四幕

尤金・歐尼爾年表

一八八八　十月十六日出生於美國紐約市，父親是知名舞台劇演員。

一九〇六　就讀普林斯頓大學，隔年輟學。之後三年到南美、非洲各處打工，當過礦工、水手，做許多短期工作，一九一一年回國後當演員、記者。

一九〇九　在宏都拉斯當礦工，十月和第一任妻子凱瑟琳・詹金斯結婚，隔年生下長子小歐尼爾。一九一二年兩人離婚。同年歐尼爾因肺結核在療養院住了半年，出院後開始寫劇本。

一九一四　完成獨幕劇《東航卡迪夫》，秋天進哈佛大學隨貝克教授學習戲劇。

一九一六　《東航卡迪夫》（*Bound East for Cardiff*）在紐約百老匯首演。

一九一八　完成首部長劇《天邊外》（*Beyond the Horizon*）。同年四月再婚，娶小說家艾格尼絲・博爾頓，一九二九年離婚。兩人育有次子尚恩和長女烏娜，女兒烏娜在十八時嫁給五十四歲的知名演員、導演查理・卓別林，歐尼爾因此和她斷絕關係。

一九二〇　《天邊外》在紐約百老匯上演，大獲好評，並獲頒首座普利茲戲劇獎。同年發表《鍾斯王》（*Emperor Jones*）、《安娜克莉絲蒂》（*Anna Christi*）。

一九二二　以《安娜克莉絲蒂》獲第二座普利茲獎。同年發表《毛猿》（*The Hairy Ape*）。

一九二四　發表《榆樹下的慾望》（*Desire under the Elms*）。一九五八年改編成電影，蘇菲亞・羅蘭主演。

一九二五　發表《大神白朗》（*The Great God Brown*）。

一九二八　發表《奇異的插曲》（*Strange Interlude*）獲頒第三座普利茲獎。

一九二九　和第二任妻子離婚，隨即再婚娶演員卡洛塔．蒙特雷。婚後兩人數度分居，但並未離婚。

一九三一　發表《悲悼》，又譯《素娥怨》（*Mourning Becomes Electra*）。

一九三三　發表《啊！荒野》（*Ah, Wilderness!*）。

一九三六　以《天邊外》（*Beyond the Horizon*）獲頒諾貝爾文學獎。

一九四一　完成自傳劇《日暮途遠》（*Long Day's Journey into Night*）。因故未發表。之後十年健康不佳，作品不多。

一九四六　沉寂十年後《送冰的人來了》（*The Iceman Cometh*）上演。此劇一九四〇年出版。

一九五二　十一月二十七日因肺炎病逝於波士頓一家旅館401室，享年六十五歲。歐尼爾在旅館出生，在旅館過世，結束其不快樂的一生。

一九五六　《日暮途遠》出版，並同步在瑞典首都斯德哥爾摩皇家劇院首演，萬方矚目，佳評如潮，一般咸認是他最好的作品。一九六八年改編成電影，由凱薩琳赫本主演。之後又三度被改編成電影。

一九五七　死後五年以《日暮途遠》再度獲頒第四座普利茲獎。

淡江書系

西洋現代戲劇名著譯叢 **TS001**

日暮途遠－長夜漫漫路迢迢
Long Day's Journey into Night

著　　者　歐尼爾（Eugene O'Neill）
譯　　者　陳玉秀
總 策 劃　吳錫德

發 行 人　張家宜
社　　長　邱炯友
總 編 輯　吳秋霞
責任編 輯　賴霈穎
封面設計　斐類設計工作室
印　　製　建發印刷有限公司

出 版 者　淡江大學出版中心
地址：25137 新北市淡水區英專路151號
電話：02-86318661/傳真：02-86318660

總 經 銷　紅螞蟻圖書有限公司
地址：台北市114內湖區舊宗路2段121巷19號
電話：02-27953656/傳真：02-27954100

出版日期　2014年8月 一版一刷

ISBN 978-986-5982-55-3

定　價　240元

國家圖書館出版品預行編目資料

日暮途遠：長夜漫漫路迢迢／歐尼爾（Eugene O'Neill）著；陳玉秀譯-- 一版，--新北市：淡大出版中心，2014..8
面；　公分. --（戲劇譯叢；1）
ISBN 978-986-5982-55-3(平裝)

874.55　　　103012410

本書如有缺頁、破損、倒裝、請寄回更換
退書地址：25137 新北市淡水區英專路151號M109室